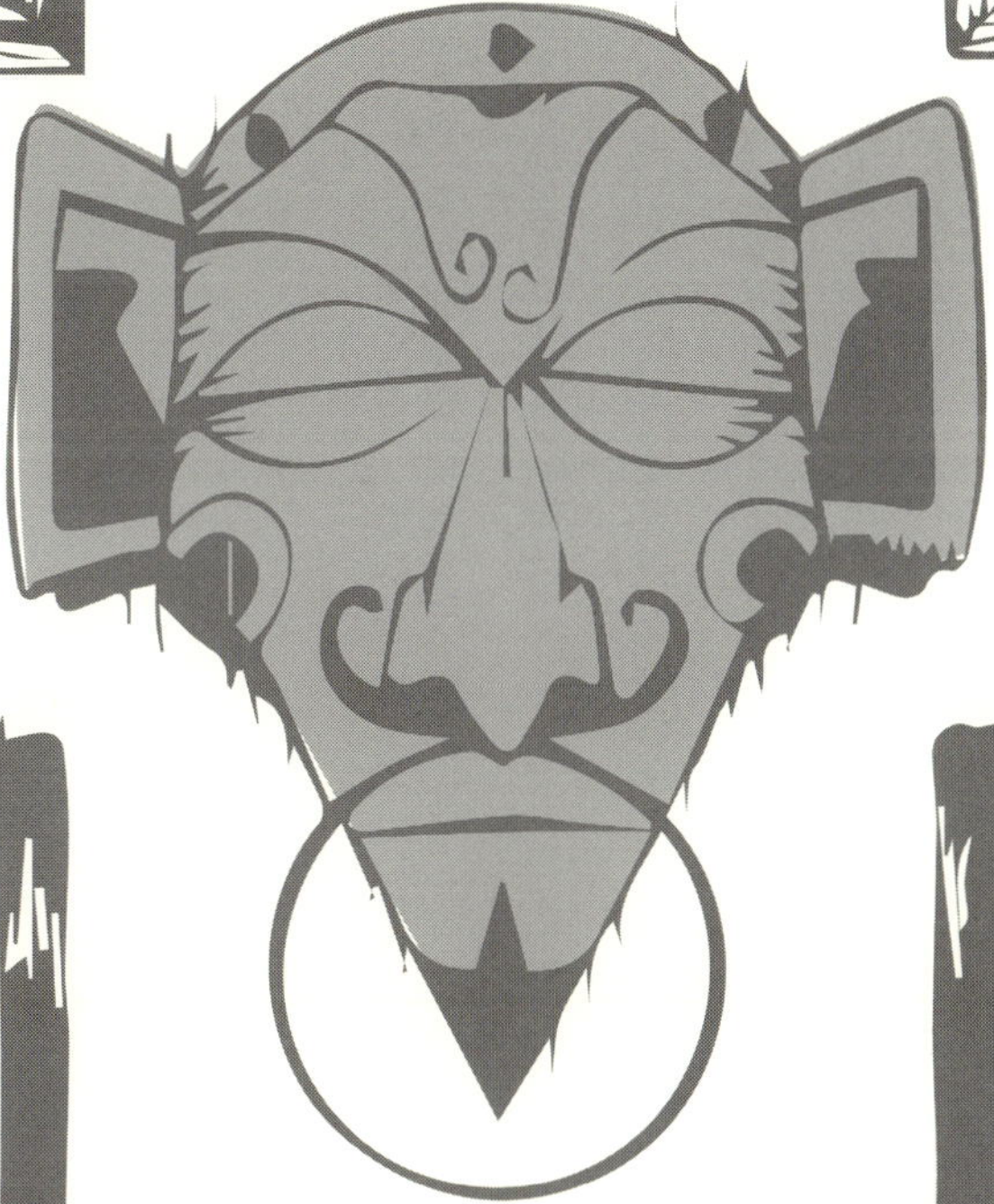

ツン子ちゃん、おとぎの国へ行く

松本祐子・作
佐竹美保・絵

小峰書店

もくじ

みなさんは、おとぎの国に行ったことがありますか？　え？　そんなことあるわけないって？

ほんとうにそうでしょうか？　ひょっとして、忘《わす》れてしまっているだけじゃありませんか？　おとぎの国に行ったことがある人は意外《いがい》に多いものなのです。でも、そのことをはっきりおぼえている人はめったにいない。

この物語《ものがたり》の主人公《しゅじんこう》は、おとぎの国の存在《そんざい》なんてちっとも信《しん》じていないような現《げん》実的《じってき》な女の子です。それでも、ふとしたはずみでおとぎの国に迷《まよ》いこみ、そうして、こちらがわにもどってきました。しかも、そのことを忘れずにいる数少ない子どもなのです――。

1　ツン子ちゃんがツン子ちゃんと呼《よ》ばれるようになったわけ

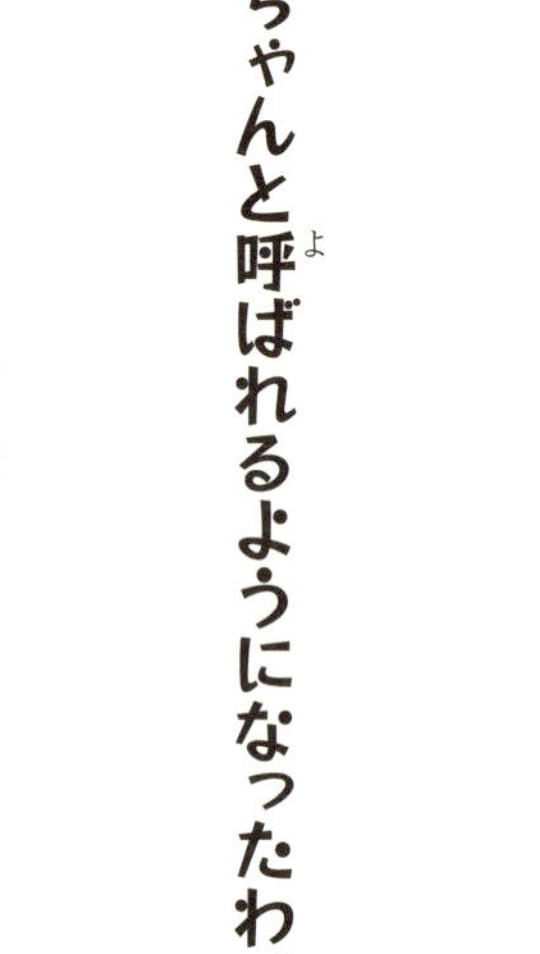

さっそく、この物語《ものがたり》の主人公《しゅじんこう》ツン子ちゃんを紹介《しょうかい》しましょう。ツン子ちゃんは小学校三年生、くるくるしたくせっ毛で、ほっぺのふっくらしたかわいい女の子です。

ツン子ちゃんにはお友達《ともだち》がいませんでした。それは、ツン子ちゃんがとても正直な子どもだったからです。

ツン子ちゃんは記憶《きおく》にあるかぎり、ただの一度《いちど》もうそをついたことがありません。うそをつかないというのは、いっけん、よいことのようにも思えますが、実《じつ》はそうでもないのです。ほんとうのことだからといって、なんでもずけずけ口にだしていいものではないということを、おとなは経験《けいけん》からはっきり知っているし、子どもだって、なんとなくわかっているものです。

ところがツン子ちゃんは、幼《おさな》いころに、うそをつくのはいけないことなのよ、とママにやさしく言いきかされてから、その教えをこの上なく忠実《ちゅうじつ》に守《まも》ってきました。パパやママに言われたことをきちんと守るよい子のツン子ちゃんを、いったいだれが責《せ》められるでしょう？

ほんとうのことをためらいもなく口にしてしまう悪《わる》い癖《くせ》のせいで、ツン子ちゃんはたびたび、クラスメートたちを傷《きず》つけ追《お》いつめるような発言《はつげん》をしてしまいます。先生やパパに何度《なんど》注意《ちゅうい》されても、ツン子ちゃんはいったい自分の何が悪いのかさっぱり理解《りかい》できないのです。

ツン子ちゃんは最初《さいしょ》からツン子ちゃんと呼《よ》ばれていたわけではありません。ツン子ちゃんには、水原月輝子《みずはらつきこ》という文字もひびきもたいそう美《うつく》しいりっぱな名前がありました。ツン子ちゃんを最初《さいしょ》にツン子と呼《よ》んだのは、いじわるな同級生《どうきゅうせい》アキラくんです。

アキラくんはからだは小さいのに、クラスの中でかなりめだつ存在《そんざい》でした。いわゆる優等生《ゆうとうせい》タイプというわけではありませんが、頭がよくて、ほかの子が知らないようなことをよく知っていました。

度《ど》の強い近視《きんし》の眼鏡《めがね》をかけているせいで、もともとでっぱりぎみの大きな目がさらにギョロ目に見えるのが玉にきずといえなくもないのですが、全体的《ぜんたいてき》に見て、アキラくんはおどろくほどおしゃれでした。なみはずれて色彩感覚《しきさいかんかく》にすぐれているのは、毎年のように全国規模《ぜんこくきぼ》の絵画コンクールで入賞《にゅうしょう》していることからもわかりますが、服装《ふくそう》のセンスがほかの同級生たちとまるでちがうのです。

アキラくんにかぎっては、男の子によくあるように、お母さんが用意《ようい》した服《ふく》をそのまま何も考えずに着《き》てくるなんてことはぜったいにありえないと断言《だんげん》できます。ちなみに、授業参観《じゅぎょうさんかん》のときに見かけるアキラくんのお母さんは、それなりにおしゃれではありますが、ほかのお母さんたちとくらべて、とびぬけてセンスがいいというほどではありません。

小柄《こがら》なアキラくんはたいていの女の子より背《せ》が低《ひく》いのに、女の子たちをしょっちゅうからかってばかりいました。そのわりになぜか嫌《きら》われている様子《ようす》もなく、アキラくんにからかわれると、女の子たちはむしろうれしそうにぽっと頬《ほお》を赤らめたりします。ツン子ちゃんには、それがふしぎでたまりませんでした。

二学期《がっき》の席替《せきが》えで、たまたまツン子ちゃんはアキラくんのとなりの席になりました。ある日、ツン子ちゃんはアキラくんがじっと自分の横顔《よこがお》を見つめているのに気づきました。ツン子ちゃんが知らんぷりしていると、アキラくんがいきなりツン子ちゃんのほっぺを人《ひと》さし指《ゆび》でつついたのです。

「何するの！」

ツン子ちゃんはびっくりして、思わずさけびました。

「アメ玉でもなめてんのかと思ってさ」

アキラくんがまじめくさった顔をよそおって言いました。

「アメ玉？」

「だって、ほっぺたがぷくぷくじゃん」

「……」

気にしていることをわざわざ指摘《してき》されると、人は不愉快《ふゆかい》になるものです。むっとしたツン子ちゃんを見て、アキラくんがにやっと笑《わら》ったことも、ツン子ちゃんの神経《しんけい》をさかなでしました。

「あんたなんか、あんたなんか…」

ツン子ちゃんはいっしょうけんめい、何か悪口《わるくち》のネタになることがないかさが

しました。

アキラくんはその日、赤いスニーカーをはいていました。それが襟《えり》だけ赤い黒のポロシャツにわざわざ合わせて選《えら》んだ靴《くつ》であることは、もちろん、ツン子ちゃんだって気づいていました。アキラくんの小学生ばなれしたハイセンスなおしゃれぶりはだれにも真似《まね》できるものではなく、時ににくらしいほどで、とりわけ今はひどく気にさわりました。

「男の子のくせに、赤い靴《くつ》なんてヘンなの！」

ツン子ちゃんは鼻《はな》にしわを寄《よ》せ、思いっきり感《かん》じの悪《わる》い口調《くちょう》で言いはなちました。アキラくんはほとんど動《どう》じた様子《ようす》もなく、わずかに眉《まゆ》をひそめただけです。

「赤は女の子の色よ！」

アキラくんが平気《へいき》な顔をしているのがくやしくて、ツン子ちゃんは重《かさ》ねて言いたてました。

「ふーん。水原《みずはら》って、そういう偏見《へんけん》の持《も》ち主《ぬし》なんだ」

アキラくんが急《きゅう》におとなのような目をして、何やらむずかしいことをつぶやきました。

「女はピンク、男はブルーとか決《き》めつけるやつが、この現代《げんだい》にいまだに生息《せいそく》してるなんてな！」

アキラくんが何を言っているのかよく理解《りかい》できないものの、とにかく自分に対《たい》する悪口《わるくち》であることだけはわかりました。

「〈やつ〉とか言わないでくれる？　あたしには水原月輝子《つきこ》ってりっぱな名前があるの。あたしが生まれたのが満月《まんげつ》のきれいに輝《かがや》く夜だったから、パパとママが月輝子って名前をつけてくれたのよ！」

ツン子ちゃんは、ママがいつも話してくれる自分の名前の由来《ゆらい》を説明《せつめい》しながら、ほこらしげにぐっと胸《むね》をはりました。

「ふん。おまえなんか、ツン子のくせに…」

アキラくんがぶつぶつと吐《は》きすてるように言いました。

「え？　今、なんて言ったの？」

「おまえなんか、月輝子《つきこ》じゃなく、ツン子がお似合《にあ》いだ。顔は満月《まんげつ》みたいだけどな。むしろ、まんじゅうかな。ほっぺがパンパンで、まんじゅうみたいな顔してる」

「……」

「やーい、まんじゅうのツン子！」

ツン子ちゃんの頭の中で、見えない糸がぷつりと切れた音がしました。

「何よ！」

かっとしたツン子ちゃんは、椅子《いす》を蹴《け》たおすように立ちあがると、からだごとぶつかってアキラくんをつきとばしました。小柄《こがら》なアキラくんはぐらりとバランスを失《うしな》い、すわっていた椅子《いす》ごとうしろにひっくりかえってしまったのです。ガターンと大きな音がして、クラスじゅうの視線《しせん》が集《あつ》まりました。

はでに床《ゆか》にころがったアキラくんは痛《いた》そうに顔をしかめました。ツン子ちゃんは仕返《しかえ》しされると思って、思わず両手《りょうて》をあげて身《み》がまえましたが、アキラくんは怒《おこ》った顔はしているものの、だまって起《お》きあがり、倒《たお》れた椅子《いす》をもとにもどしました。クラスメートたちは興味《きょうみ》しんしんの目でなりゆきを見まもりつつも、ツン子ちゃんとアキラくんに声をかける者《もの》はなく、ただ遠巻《とおま》きにひそひそ話をかわしているだけでした。

けっきょく、アキラくんが何もやりかえしてこないので、ツン子ちゃんはすこしひょうしぬけしてしまいました。悪《わる》いのは先にツン子ちゃんをからかったアキラくんなのに、暴力《ぼうりょく》をふるった自分のほうが悪者《わるもの》になったような気分でした。

次《つぎ》の日、学校に行くと、一枚《いちまい》の絵がマグネットで黒板《こくばん》にはりつけてありました。

みんながその絵を見て、くすくす笑《わら》っています。わざとヘタクソっぽく描《か》いてあるのに、だれの似顔絵《にがおえ》であるか一目瞭然《いちもくりょうぜん》なのです。くるくるしたくせっ毛やぷっくりしたほっぺたがツン子ちゃんそっくりでした。絵の下に「ツン子のバカ」となぐりがきされていました。

犯人《はんにん》がアキラくんなのはあきらかです。ほかの子にこんなにじょうずな似顔絵が描けるはずはないし、昨日《きのう》、ツン子ちゃんのことを「ツン子」と呼《よ》んだのは、ほかならぬアキラくんなのですから。

ツン子ちゃんは泣《な》いたりしませんでした。そしらぬ顔をしたアキラくんに侮蔑《ぶべつ》と憎悪《ぞうお》に満《み》ちた目を向《む》けただけでした。

みんなにくすくす笑《わら》われて屈辱《くつじょく》でいっぱいのツン子ちゃんは、それでも、その絵を黒板《こくばん》からはずすことができませんでした。だってそんなことをしたら、その絵のモデルが自分であることをみとめることになり、自分が「ツン子」だとみとめることになるからです。

その絵は先生が来る前に、いつの間にか、だれかが黒板《こくばん》からはずしてしまいました。でも、その日からツン子ちゃんは、みんなからツン子ちゃんと呼《よ》ばれるようになったのです。

2　ツン子ちゃんは何を盗《ぬす》まれたのか？

やがて、街《まち》にクリスマスソングが流《なが》れる華《はな》やかな季節《きせつ》になりました。ツン子ちゃんだってもちろん、電飾《でんしょく》きらめくクリスマスツリーやショーウィンドウにならぶ真《ま》っ赤《か》なポインセチアを見れば、心《こころ》うきたつ楽しい気分になります。でもやっぱり、ツン子ちゃんはほかの子とはすこしちがっていました。

ケーキ屋《や》さんの前で、赤い衣装《いしょう》に白いひげのサンタクロースが子どもたちに宣《せん》伝用《でんよう》のお菓子《かし》をくばっていました。学校帰りの子どもたちはみんな手をだしてお菓子を受《う》けとります。

「知らない人にもらったものは食べちゃいけないんだよ！」

いきなりツン子ちゃんのするどい声があたりの空気を切《き》り裂《さ》きました。幼稚園《ようちえん》からいっしょのアカネちゃんが、今まさにもらったばかりのチョコレートを口に入れようとしているところでした。

「毒《どく》が入ってるかもしれないでしょ！」

ツン子ちゃんにぴしゃりと手をはたかれて、アカネちゃんはチョコをぽろりと地面《じめん》に落《お》としてしまいました。アカネちゃんの目にみるみる涙《なみだ》があふれ、そのままワーッと泣《な》きだしました。

「泣くことないよ。ほら、もうひとつあげるから」

そう言って、またチョコをさしだした親切なサンタクロースをツン子ちゃんはきっとにらみつけました。

「あんた、だれ？」

「え…だれって、ぼ、ぼくは…サンタクロースで…」

「うそ！　あんたなんか、ほんとうのサンタのわけない！」

ツン子ちゃんがぴしりと決《き》めつけます。

「そりゃ、ぼくはただのバイトだけど…」

白いつけひげの下から、若《わか》い声がこまったようにつぶやきました。

「ほら、やっぱり、うそつきだ！」

「子どもだな…」

あきれたようなだれかの声が聞こえました。ふりむくと、そこにいたのは赤いマフラーを首に巻《ま》いたアキラくんでした。そういえばアキラくんは、このところいつだって、これ見よがしに何かしら赤いものを身《み》につけています。ツン子ちゃんより背《せ》の低《ひく》いアキラくんが、ツン子ちゃんを見くだすような態度《たいど》でひょいと肩《かた》をすくめました。

「こんな真《ま》っ昼間《ぴるま》から、ケーキ屋《や》のサンタが毒入《どくい》りチョコなんかくばってるわけないだろ。まったく常識《じょうしき》ってものがないのかな」

「でも、この人、信用《しんよう》できない！　本物《ほんもの》のサンタじゃないんだから！」

むきになって反論《はんろん》するツン子ちゃんをアキラくんは鼻《はな》で笑《わら》いました。

「それが子どもだって言うんだよ。わざわざツン子におしえてもらわなくたって、このサンタが本物だなんて思ってるやつ、どこにもいないって」

「……」

本物でないならにせ物《もの》であって、にせ物はうそつきです。うそつきは人をだます危険人物《きけんじんぶつ》であって、そんな人からもらったあやしい食《た》べ物《もの》を食べちゃいけないのは当然《とうぜん》です。友達《ともだち》を危険《きけん》から救《すく》ってあげたのに、どうして非難《ひなん》の目を向《む》けられなくちゃいけないのか、ツン子ちゃんにはさっぱりわかりませんでした。

次《つぎ》の日、ツン子ちゃんのママは学校に呼《よ》びだされました。娘《むすめ》が泣《な》かされたということで、アカネちゃんのお母さんが先生に苦情《くじょう》を申《もう》したてたのだそうです。

「月輝子《つきこ》さんは、どうしてもアカネさんにあやまってくれないんですよ」

担任《たんにん》の木村《きむら》マユミ先生が神経質《しんけいしつ》そうに眼鏡《めがね》のふちを押《お》しあげながら言いました。

先生はツン子ちゃんのママと同じぐらいの年ごろですが、独身《どくしん》で、ほとんどお化粧《けしょう》っけもないせいか、なんとなく顔色が悪《わる》く、いつもグレーか黒の地味《じみ》なスーツを着《き》ています。おくれ毛いっぽんなくぴっちりひっつめたヘアスタイルや、マニキュアもしない骨《ほね》ばった指先《ゆびさき》を見るかぎり、「まるで、ひとむかし前のおかたい女教師《きょうし》ね」とおしゃれなお母さんがたがひそひそうわさしあっているのをツン子ちゃんは聞いたことがあります。

「月輝子さんは、もうすこし、ほかのお友達《ともだち》の気持《きも》ちを考えられるようになるとよいのですけどね」

先生はそう言って、深《ふか》いため息《いき》をつき、同情《どうじょう》をこめたような目をツン子ちゃんのママに向《む》けました。ママはただ、くりかえし頭を下げるばかりです。

「あたし、悪《わる》くないもん！　ほんとうのことを言っただけなのに…」

うちに帰ってから、ツン子ちゃんはママに無実《むじつ》をうったえました。ママは悲《かな》しげにほほえみました。ママはけっしてツン子ちゃんのことをしかったりしません。

ツン子ちゃんに罪《つみ》がないことを知っていたからです。

「そうね、月輝子《つきこ》ちゃんは悪くないわ。きっと、あなたは生まれる前に悪い魔女《まじょ》にたいせつなものを盗《ぬす》まれたのね」

ツン子ちゃんはびっくりして目をまるくしました。ママの言葉《ことば》の意味《いみ》がさっぱりわかりません。

「ママったら、何言ってるの？　あたしは何も盗まれてなんかないよ」

「そう。そうかもしれないわね」

ママはまた、うっすらほほえみました。笑《わら》っているのに、まるで泣《な》いているみたいに見えました。

「ママをこまらせちゃダメじゃないか」

会社から帰ってくると、パパはスーツを着替《きが》えもせずに、ツン子ちゃんを自分の前にすわらせました。パパはつかれて、少しいらいらしているようでした。

「ママは今、大事《だいじ》な時なんだ」

「大事な時って？」

ツン子ちゃんにはパパの言う意味《いみ》がわかりません。

「そのうちわかるさ」

パパは片手《かたて》でネクタイをゆるめながら、はーっと大きくため息《いき》をつきました。

（あたしはいったい何を盗《ぬす》まれたんだろう？）

ツン子ちゃんは、そのことが気になってしかたありません。自分のものをだれかに盗まれるのは、とても不愉快《ふゆかい》なことです。しかも、自分が何を盗まれたのかさっぱりわからないとしたら、これ以上《いじょう》、腹《はら》の立つことはありません。

生まれる前に悪《わる》い魔女《まじょ》に何かを盗まれるなんて、はたして、そんなことが可能《かのう》なのでしょうか？　まるで子どもだましのおとぎ話です。でも、ママがうそやでたらめを言うわけはありません。

ママはだんだん太ってきました。ツン子ちゃんが見ていないと思っているときに、ママが幸《しあわ》せそうにほほえんでいるのにツン子ちゃんは気がついていました。ママはふわふわした水色の毛糸で楽しそうに何かを編《あ》んでいます。それはとても小さくて、お人形の靴下《くつした》みたいに見えました。

ツン子ちゃんは、なんだか胸《むね》の奥《おく》が冷《つめ》たくなるのを感《かん》じました。そこからまた何かが盗《ぬす》まれてしまうような、そんないやな予《よ》感《かん》がしました。

3　ツン子ちゃん、ふしぎな道を見つける

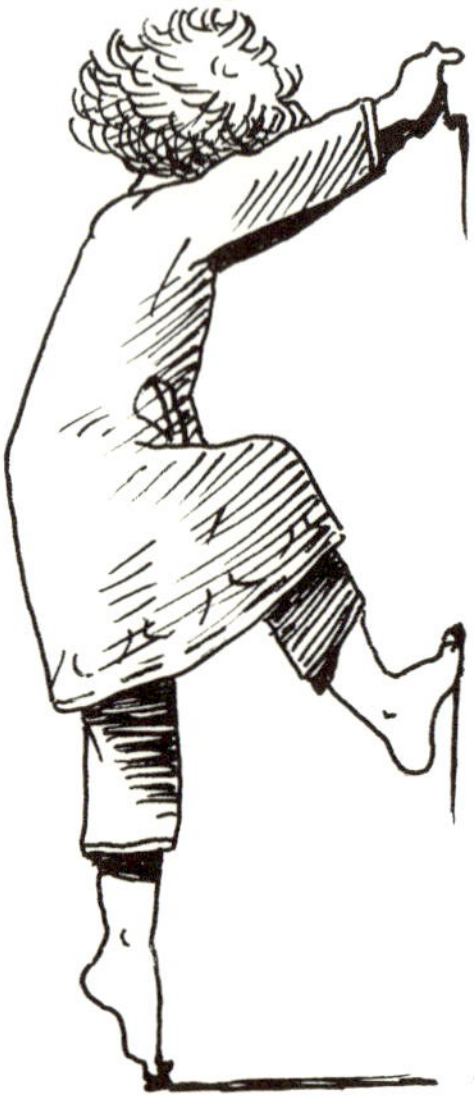

素敵《すてき》な満月《まんげつ》の夜でした。
ママが月に向《む》かって手をあわせ、何かをお祈《いの》りしています。今度《こんど》こそ、今度こそ…とくちびるが動《うご》いているのがわかります。
はっと目をあけると、ツン子ちゃんはベッドの中にいました。どうやら夢《ゆめ》を見ていたようです。それでも、窓《まど》の外には夢の中で見たのと同じ、まるく輝《かがや》く満月が浮《う》かんでいました。
凍《い》てつくような夜ですが、ツン子ちゃんはベッドから起《お》きだして、大きく窓を

開《あ》けました。まばゆいほどの月光が地面《じめん》にくっきりと長い道を作っています。

自分は今も夢《ゆめ》を見ているらしいとツン子ちゃんは思いました。夢だとわかっているのに、たしかな現実感《げんじつかん》があり、色やにおいが感《かん》じられ、木々のこずえを揺《ゆ》らす風の音さえ聞こえる…。そんなふしぎな体験《たいけん》を人はときどきすることがあるのです。

ツン子ちゃんはパジャマのまま、はだしで窓《まど》のさんをよじのぼりました。もちろん、夜中に起《お》きだして窓から外に出るなんてだいたんな真似《まね》は、夢の中だからこそできることです。地面《じめん》にのびた月の影《かげ》は、ひたひたと海岸《かいがん》を洗《あら》う波《なみ》のようで、ツン子ちゃんは少しも寒《さむ》さを感じませんでした。

そうして、はだしのまま、どのくらい歩いたでしょうか。ふと気がつくと、ツン子ちゃんはひとりで月明かりの森の中にたたずんでいました。ふくろうがホーホーと鳴く声が聞こえます。

さらに歩いていくと、気のせいか、なんとなくあたりに甘《あま》いにおいがただよってきました。前方にこぢんまりした家があるのが見えます。屋根《やね》からつきだした煙突《えんとつ》からひとすじの煙《けむり》が立ちのぼっています。

ツン子ちゃんは一瞬《いっしゅん》、わが目を疑《うたが》いました。それはお菓子《かし》でできた家でした。茶色の壁《かべ》は表面《ひょうめん》のざらざらした香《こう》ばしいにおいのするラスクで、ところどころに装飾《そうしょく》として、イチゴやキウイやブルーベリーなど、いろんな果物《くだもの》がのったタルトがカラータイルのようにはめこまれています。扉《とびら》はチョコレートでできていて、そのまわりを、はみだすほどにカスタードのつまったシュークリームがぐるりと囲《かこ》んでいました。屋根にはびっしりビスケットがしきつめられています。

庭《にわ》に目をやると、花壇《かだん》には色とりどりのキャンディーの花が咲《さ》きみだれていました。緑《みどり》の葉《は》っぱはチョコミントのようでした。池の真《ま》ん中《なか》の噴水《ふんすい》からはオレンジ色の水がこんこんとわきだしています。

ツン子ちゃんは子どもだましのおとぎ話なんかちっとも好《す》きじゃありませんが、さすがにお菓子《かし》の家が出てくる有名《ゆうめい》な童話《どうわ》は知っています。

「これを一口でも食べたら、こわいおばあさんが出てきて、あたしのこと丸焼《まるや》きにしちゃうんだ！」

もちろん、かしこいツン子ちゃんは、罠《わな》だとわかっていて、みすみすひっかかるような真似《まね》はしません。

でも、ツン子ちゃんはふと考えました。もしかしたら、そのおばあさんは、ツン子ちゃんが生まれる前にツン子ちゃんのたいせつなものを盗《ぬす》んだ悪《わる》い魔女《まじょ》かもしれない。だとしたら、盗んだものを返《かえ》してもらわなければなりません。

だから、半分、「もう、どうとでもなれ！」という気持《きも》ちになって、ツン子ちゃんはお菓子の家の壁《かべ》からシュークリームをひきはがし、むしゃむしゃ食べはじめました。

「こらっ！　うちの壁《かべ》をこわしたのはだれだい？」

まるでこの瞬間《しゅんかん》を待《ま》ちかまえていたかのように、チョコレートの扉《とびら》がばたんと開《ひら》いて、だれかが飛《と》びだしてきました。それは予想《よそう》どおり、とても年老《としお》いた、みにくいしわくちゃのおばあさんでした。このおばあさんこそ、ママの言っていた〈悪《わる》い魔女《まじょ》〉にちがいない。ツン子ちゃんはそう思ったのです。

「あたしから盗《ぬす》んだものを返《かえ》して！」

ツン子ちゃんはカスタードクリームにまみれた手をつきだしながらさけびました。

「おやおや、盗人《ぬすっと》たけだけしいとは、あんたのことだ。どろぼうはあんたのほうじゃないか。このわたしが何を盗んだっていうんだい？」

「わからないけど、たいせつなものよ。あたしが生まれる前に盗んだものよ。ママが言ったもの。あたしはたいせつなものを盗まれたんだって」

「そんなひどいことを言うママは、きっと悪《わる》い継母《ままはは》にちがいないね」

おばあさんは首をふりふり、大きくため息《いき》をつきます。

「ママはは?」

ツン子ちゃんは思わず聞きかえしました。ママであり母である人が、悪い人なんてことがあるでしょうか?

「あんたはママに似《に》てるのかい?」

「ううん。ママには似てない」

「じゃ、パパに似てるのかい?」

「ううん。パパにも似てない」

「思ったとおりだ。あんたはきっと取《と》り替《か》え子《こ》にちがいない」

「とりかえっこ?」

おばあさんが何を言っているのかわからず、ツン子ちゃんは首をかしげました。

「生まれたばかりのころに、妖精《ようせい》があんたのママのたいせつな赤《あか》ん坊《ぼう》を盗《ぬす》んで、かわりにあんたを置いてったのさ」

「じゃ、あたしはあたしじゃないってことなの？」

「さあ、それはどうかな」

ツン子ちゃんの目がまんまるになりました。なんだか頭の中がこんぐらがっています。あたしがあたしじゃないとしたら、あたしはいったい、だれなんでしょう？

「あたしのほんとうのママはどこにいるの？」

「きっと、この国のどこかにいるだろうよ」

「それじゃ、ママのたいせつな赤ん坊は？」

「それも、きっと、この国にいるだろうよ」

「……」

盗《ぬす》まれたのはツン子ちゃんのたいせつなものじゃなく、ママのたいせつなものだったなんて！　ツン子ちゃんはまるごと盗まれてしまったらしいのです。だとしたら、今ここにいるのは、いったい何者《なにもの》なのでしょうか？　ツン子ちゃん自身《じしん》がにせ物《もの》だったなんて！

4　ツン子ちゃん、逮捕《たいほ》される

ツン子ちゃんは、お菓子《かし》の家の中で起《お》こったことをぼんやり思いかえしながら、ふたたび森の中を歩いていました。

いかにもあやしげなおばあさんに家の中に招《まね》き入《い》れられ、あつあつのココアとふわふわのシフォンケーキをすすめられたとき、ツン子ちゃんはまるで催眠術《さいみんじゅつ》にでもかかったかのように警戒心《けいかいしん》をなくし、見るからにおいしそうなケーキの魅力《みりょく》に抵抗《ていこう》することができませんでした。あるいは、たとえ毒《どく》入りであってもかまわないというなげやりな気分に半分なっていたせいかもしれません。

ツン子ちゃんが夢中《むちゅう》になってお菓子《かし》をパクついている様子《ようす》を目を細めるようにしてながめていたおばあさんは、薄《うす》いパジャマ一枚《いちまい》きりで靴《くつ》もはかず、この寒空《さむぞら》に歩きまわるのはあまりにあわれだと言って、昔《むかし》、遊《あそ》びにきた小さな女の子が忘《わす》れていったという白いセーターとスカート、おそろいの手袋《てぶくろ》と靴下《くつした》、赤いフードつきコートと編《あ》み上《あ》げ靴《ぐつ》を奥《おく》の部屋《へや》から出してきてくれました。

いつものツン子ちゃんなら、もちろん、知らない子の着古《きふる》した衣類《いるい》などもらったりしないのですが、そこにも何かの魔法《まほう》がはたらいているようでした。だれかのお古というのがうそのような、しわひとつないピカピカの服《ふく》は、着《き》てみると、まるで最初《さいしょ》からツン子ちゃんのためにあつらえたかのように、何もかもぴったりのサイズです。

それにしても、人の家に来て、セーターとスカート、手袋に靴下、コートに靴まで忘れて帰るような女の子がいるでしょうか？　どう考えたって、女の子の忘れ物なんていうのはおばあさんの作り話にしか聞こえません。ひょっとすると、この服《ふく》のもとの持《も》ち主《ぬし》は、丸焼《まるや》きにされて食べられてしまったのかもしれません。でも、あのおばあさんが親切をよそおっているだけのおそろしい人食い魔女《まじょ》だとしたら、ツン子ちゃんがあっさり解放《かいほう》されたのはなぜでしょう? よほど、まずそうに見えたのでしょうか?

わざわざ手間《てま》ひまかけて太らせる必要《ひつよう》もない、ふっくらしたピンクのほっぺのツン子ちゃんは、どちらかと言えば、おいしそうに見えるはずです。もちろん、食べられたかったわけじゃないけれど、だからといって、まるで興味《きょうみ》をもたれないのも、なんだかみょうに不愉快《ふゆかい》です。

ツン子ちゃんは無性《むしょう》に腹《はら》が立ってきました。自分はだれにも欲《ほ》しがられていない。ほんとうの名前さえわからなくなってしまった。まるで見すてられた子どものように、あてもなく、さまよいつづけなければならないなんて!

どれほどの時間がたったでしょうか。あたりは月明かりの森から、陽光《ようこう》まぶしい街並《まちな》みに変化《へんか》していました。ただその街《まち》はなぜか、ちっちゃなお人形サイズの精巧《せいこう》なミニチュアなのです。ツン子ちゃんは小人の国に迷《まよ》いこんでしまったような気がしました。あるいは気がつかないうちに、ツン子ちゃん自身《じしん》が巨人《きょじん》になってしまったのかもしれません。

ツン子ちゃんはとつぜん、何もかもめちゃくちゃにしてしまいたい衝動《しょうどう》にかられました。巨人《きょじん》になった今ならそれが可能《かのう》です。もしかしたら、ツン子ちゃんのそういう願望《がんぼう》をかなえるために、だれかがこのミニチュアの街をここに創《つく》りだしたのではないか？　そんな気さえしてきたのです。

ツン子ちゃんは小さな街に近づき、怒《いか》りにまかせて、赤い編《あ》み上《あ》げ靴《ぐつ》につつまれた左足を高く上げました。ところが、その足をどこにおろそうかという時になって、きゅうに不安《ふあん》におそわれたのです。

もしかして、このおもちゃの街《まち》にほんとうに小人が住《す》んでいるとしたら？　とつぜんあらわれて、わけもなくあばれまわる凶暴《きょうぼう》な巨人《きょじん》におびえて、物陰《ものかげ》にかくれ、小さなからだを寄《よ》せあってふるえているとしたら？

そう考えたとたん、さっきまでの破壊《はかい》の衝動《しょうどう》が穴《あな》のあいた風船のようにしぼんでいきました。片足立《かたあしだ》ちのツン子ちゃんは、バランスをくずしかけて、ぐらぐらふらつきました。もう向《む》きを変《か》えることもできず、ツン子ちゃんはこのまま街の真《ま》ん中《なか》にしりもちをつくよりはマシと思って、なるべく被害《ひがい》がすくなくてすむ場《ば》所《しょ》はないかと必死《ひっし》に目でさがしました。なんとかまにあって、比較的《ひかくてき》、広い空間のある公園らしき場所に足をついたものの、木製《もくせい》のベンチをふんづけてバラバラにこわしてしまいました。

「こら！」

いきなりうしろから、だれかの怒鳴《どな》り声《ごえ》がしました。おどろいてふりかえると、そこには十人ほどの兵士《へいし》が立っていました。小人どころか、長身《ちょうしん》ぞろいの男たちでしたが、赤と黒のおそろいの制服《せいふく》に身《み》をつつんでいるせいか、まるでコピーでもしたように顔つきまでそっくりに見えました。大柄《おおがら》なのに、なぜかどことなく薄《うす》っぺらな印象《いんしょう》です。

ツン子ちゃんは進《すす》みでた先頭の男にぐいと腕《うで》をつかまれました。

「貴様《きさま》、街《まち》を破壊《はかい》したな！」

「わざとじゃないもん！　それに、ちょっとベンチをこわしちゃっただけじゃない！　はなしてよ！」

ツン子ちゃんが腕をふりほどくと、男はよろめいて、あっけなく手をはなしました。いかめしいのは顔だけで、あきれるほどのへなちょこぶりです。

「あ！　隊長《たいちょう》！　こいつはずっと指名手配《しめいてはい》になっていたやつです！」

「なんだと？　ほんとうか？」

兵士《へいし》のひとりが隊長《たいちょう》と呼《よ》ばれた男に手配書《てはいしょ》らしきものをさしだしました。

おどろいたことに、それはツン子ちゃんにも見おぼえのあるものだったのです。

わざとへたくそに描《か》いてあるのに、ツン子ちゃんの特徴《とくちょう》を見事《みごと》にとらえた似顔絵《にがおえ》。

くるくるしたくせっ毛におまんじゅうみたいなぷくぷくの頬《ほお》。きわめつけに〈ツン子のバカ〉というなぐりがき。

「貴様《きさま》を逮捕《たいほ》する！」

「えっ？　なんで？　あたしなんにもしてないのに！」

こんなインチキな手配書が出まわっているなんて、何かの陰謀《いんぼう》にちがいありません。だれかがツン子ちゃんを無実《むじつ》の罪《つみ》におとしいれようとしているのです。

安《やす》っぽい複製品《ふくせいひん》みたいな兵士たちは、そろいもそろって見かけだおしですが、いくらへなちょこの集団《しゅうだん》でも、たばになって囲《かこ》まれてしまったら、どうにも逃《に》げられません。気がつくと、ツン子ちゃんはおかしな場所《ばしょ》に連《つ》れてこられていました。ドラマでしか見たことがないので、さだかではありませんが、警察《けいさつ》の取調室《とりしらべしつ》みたいなところです。

しばらくひとりで待《ま》たされたあと、いきなりドアが開《あ》き、かつかつとハイヒールの音を立てながら、スタイルのいい女の人が入ってきました。深《ふか》いスリットの入った黒のタイトスカートからすらりとした長い脚《あし》がのぞいています。

その人は部屋《へや》の奥《おく》に設置《せっち》されたデスクに向《む》かい、ツン子ちゃんを立たせたまま、自分だけどっしりした椅子《いす》に腰《こし》かけました。デスクにふせられていたプレートを神経質《しんけいしつ》そうな手つきでおこすと、そこには「検察官」と書いてありました。

読み方は…「けんさつかん」でしょうか？　「けいさつかん」と似《に》たようなもの？　でも、なぜだか、おまわりさんより、もっとずっとこわい人みたいに思えました。

デスクの下で、その人が無造作《むぞうさ》に脚《あし》をくむのが見えました。モデルか女優《じょゆう》さんみたいな優雅《ゆうが》な身《み》のこなしですが、どことなく見おぼえがあるような気がします。

テレビに出ている有名人《ゆうめいじん》というよりは、もっと身近《みぢか》な知りあいのような…。

その人はママと同じぐらいの年ごろに見えました。髪《かみ》は真《ま》っ黒《くろ》なストレート、眉《まゆ》はきれいな弧《こ》をえがき、青みがかったマスカラと濃《こ》いアイラインで目元は強調《きょうちょう》され、口紅《くちべに》の色は血《ち》のような赤でした。

パールのマニキュアをしたほっそりした指先《ゆびさき》でその人は何かの書類《しょるい》をめくりはじめました。近眼《きんがん》なのか、少し目を細めるようにしています。

ツン子ちゃんが立ったまま、なにげなく書類をのぞこうとすると、その人は中《なか》身《み》を見られまいと書類をぱっと胸元《むなもと》におしつけ、非難《ひなん》するような目でツン子ちゃんをにらみました。ツン子ちゃんが視線《しせん》をそらすと、その人はふたたび書類を読みはじめます。

「深刻《しんこく》な愛情不足《あいじょうぶそく》…。同情《どうじょう》の余地《よち》ありってことかしら？」

書類《しょるい》をかくしたわりには、聞こえよがしのひとりごとでぶつぶつつぶやきながら、その人は大きくため息《いき》をつきました。

その瞬間《しゅんかん》、ツン子ちゃんは、この人がだれに似《に》ているかわかったのです。担任《たんにん》の木村《きむら》マユミ先生です。いつもの眼鏡《めがね》もかけていないし、髪型《かみがた》もちがうし、服装《ふくそう》やお化粧《けしょう》の雰囲気《ふんいき》がぜんぜんちがうので、まるで別人《べつじん》のような印象《いんしょう》ですが、いったん類似《るいじ》に気づいてしまうと、もう先生本人にしか見えません。

「それ、なんですか？」

とうとう好奇心《こうきしん》をおさえられなくなって、ツン子ちゃんがおそるおそるたずねると、先生に似た人はひややかな目でじろりとツン子ちゃんを見やりました。

「生まれてからこれまでに被告《ひこく》の犯《おか》したすべての罪状《ざいじょう》が記《しる》されているのよ」

「え？」

なんのことかわからず、ツン子ちゃんはききかえしました。

「わがまま、自分勝手《かって》、ひとりよがり、人の気持《きも》ちがわからない、友達《ともだち》がいない、弟のめんどうを見ない…」

「ちょっと待《ま》って！」

ツン子ちゃんは思わずさえぎりました。この人の言っていることはヘンです。おとなしく聞いていたら、何もかもツン子ちゃんのせいにされてしまいます。

「それ、あたしのことじゃありません！　だって、あたしには弟なんかいないもの！」

ほかのことはともかく、それだけはたしかです。他人《たにん》の罪《つみ》を着《き》せられて、だまっているわけにはいきません。

ツン子ちゃんの反論《はんろん》が予想外《よそうがい》だったのか、先生は少しとまどったように眉《まゆ》をひそめました。

「まちがった内容《ないよう》であたしが罰《ばつ》を受《う》けなきゃならないなんて、おかしいでしょ！」

ツン子ちゃんが重《かさ》ねて言うと、先生は無言《むごん》のまま、もう一度《いちど》、書類《しょるい》に目を落《お》とし、それから、おもむろに顔を上げました。

「だとしても、かならずしも、まちがった内容《ないよう》とは言えないわね。だって、弟がいないなら、当然《とうぜん》、あんたは弟のめんどうを見ないってことになるもの」

「そんなのインチキだ！」

ツン子ちゃんはかっとしてさけびました。こんなへりくつで言いくるめられたりするもんか！

「インチキですって？　いったい、だれにむかって言ってるの？　生意気《なまいき》な発言《はつげん》をくりかえすつもりなら、名誉毀損《めいよきそん》の罪《つみ》もくわわることになるわよ」

「インチキじゃないなら、ちゃんとたしかめてください、先生！　ぜったいに人ちがいだから！」

「人ちがいなんかじゃないわよ。これはあんたのデータよ。ほら見なさい。まちがいなく、あんたの顔でしょ」

先生はきっぱり言いきって、ツン子ちゃんに書類《しょるい》の表紙《ひょうし》をつきつけました。

「……」

なんと、またもや、あの似顔絵《にがおえ》です。くるくるしたくせっ毛におまんじゅうみたいなぷくぷくの頰《ほお》。そして、見まちがえようもない〈ツン子のバカ〉というなぐりがき。

「ママを呼《よ》んで！　ママ！」

ツン子ちゃんは急《きゅう》にこわくなり、不安《ふあん》にかられてさけびました。同情心《どうじょうしん》のかけらも見せず、先生は肩《かた》をすくめました。

「母親はいないんじゃなかったの？　いないものは呼《よ》べるわけがない」

「……」

「さ、もう観念《かんねん》なさい。今ここで自分の罪《つみ》をみとめ、さっさと罰《ばつ》を受《う》けて、すっきりしてしまうのよ」

先生はそう言いながら、おもむろにテーブルの下のひきだしを開《あ》け、細い木でできた指揮棒《しきぼう》のようなもの取《と》りだしました。慣《な》れた手つきで何度《なんど》か棒《ぼう》を振《ふ》ると、ひゅっひゅっと空気を引《ひ》き裂《さ》くような不吉《ふきつ》な音が聞こえました。

「まさか…それでぶつ気なの？」

「両手《りようて》の甲《こう》を五回ずつってとこかしら？」

「なんで指揮者《しきしや》の棒《ぼう》なんか使《つか》うの？」

「これは指揮棒じゃないわ。〈教えるための鞭《むち》〉と書いて、教鞭《きようべん》っていうの。昔《むかし》の教師《きようし》は常《つね》にこれをもちあるいて、悪《わる》い生徒《せいと》を罰《ばつ》したそうよ。今でも、〈教鞭をとる〉って表現《ひようげん》が残《のこ》ってるでしょ。本物《ほんもの》の教鞭を見たことがある人はめったにいやしないのにね」

そう言って、先生はにたりとしました。ツン子ちゃんは思わずふるえあがりました。

「体罰《たいばつ》はいけないんでしょ！」

「ここはねぇ、むこうの世界《せかい》とちがって、われわれの権力《けんりょく》は絶対《ぜったい》なの！」

「うそよ！　そんなのうそだ！　先生が生徒《せいと》をたたいたりしちゃいけないにきまってる！」

「ねぇ、さっきからおかしなこと言ってるけど、だれが先生と生徒ですって？　わたしは教師《きょうし》なんかじゃないから」

「だったら、なんで先生のもつムチをもってるの？」

「まったく、ああ言えばこう言う…。いまどきの子どもは生意気《なまいき》でやってられない」

先生はうんざりした様子《ようす》でため息《いき》をつき、ふいに手にしたムチをほうりだしました。

「じゃ、もういいわ。あんたがわれわれのルールにしたがう気がないなら、身代《みが》わりを罰《ばっ》することにするから」

「身代わり？」

「それなら文句《もんく》ないでしょ」

「身代わりって…なんのこと？」

「身代わりは身代わりよ。あんたには関係《かんけい》ないわ。さあ、もう行きなさい。わたしはいそがしいんだから、あんたひとりにかまってられないの」

先生は椅子《いす》にすわったまま、すっかり興味《きょうみ》を失《うしな》ってしまったみたいに、ツン子ちゃんにくるりと背《せ》を向《む》けました。

「先生はもしかして、本物《ほんもの》のあたし…あたしと入れかわった子《こ》のことを言ってるんですか？」

「あら、まだいたの？」

「おしえてください！　身代《みが》わりってだれのことなのか」

「さっさと行きなさい！　でないと、ひどい目にあうわよ」

「でも！」

ツン子ちゃんが食いさがると、先生は大きく舌打《したう》ちしました。さっきほうりだしたムチをひろいあげ、すっくと立ち上がりました。そして、問答無用《もんどうむよう》と言わんばかりに、手にした教鞭《きょうべん》をまっすぐツン子ちゃんに向《む》け、魔法《まほう》の杖《つえ》のようにひとふりしたのです。

そのとたん、ツン子ちゃんは、とつぜん巻《ま》きおこったつむじ風にのみこまれ、意識《いしき》を失《うしな》って吹《ふ》きとばされてしまいました。

5　ツン子ちゃん、恋《こい》をする

気がつくと、ツン子ちゃんはまた、知らない場所《ばしょ》にほうりだされていました。気を失《うしな》っているあいだにどれほどの時間がすぎたのでしょうか？　そもそも、ここでは時間の流《なが》れがふつうとはちがっているようです。朝のつぎに昼が来て、昼のつぎに夜が来るというあたりまえのことがあたりまえではないのです。

さっきの女検察官《おんなけんさつかん》が先生だったのか、それとも先生に似《に》ているだけの別人《べつじん》だったのか、何もわからないまま、ツン子ちゃんはふたたび、とぼとぼと歩きだしました。

けっきょくのところ、ムチで打《う》たれずにすんだものの、なんだか十回以上《いじょう》も打たれたような気分です。

あの人の言っていたことは、みんな、ただのおどしだったのでしょうか？　それとも、ほんとうに罪《つみ》もないだれかがツン子ちゃんのかわりに罰《ばつ》を受《う》けることになるのでしょうか？　だとしたら、それもまた気の重《おも》いことでした。ツン子ちゃんは心もからだもつかれきっていました。

あかるいひざしの中で、ツン子ちゃんは今、おなかの中がからっぽで、一歩踏《ふ》みだすごとに、足が自分のものでないみたいに重《おも》たく感《かん》じられました。

行くあてのないツン子ちゃんの道しるべになったのは、どこからかただよってくる香《こう》ばしいにおいです。食欲《しょくよく》をそそるおいしそうなにおいにつられて歩いていくと、テラスのついたとんがり屋根《やね》の建物《たてもの》の前にたどりつきました。アルファベットの飾《かざ》り文字で名前らしきものが書かれた看板《かんばん》が出ていますが、ツン子ちゃんにはむずかしくて読むことができません。おそらく、カフェかパン屋《や》さんと思われるそのお店の中にツン子ちゃんはふらふらと入っていきました。

「いらっしゃい」

片手《かたて》にトレイをかかえたすらりとしたおにいさんが、ツン子ちゃんを見て、にっこりほほえみました。どうということのない白いシャツの襟元《えりもと》に赤いスカーフを巻《ま》いて、なんともおしゃれな着《き》こなしです。

「どうぞ」

おにいさんがあいているほうの手をダンスのふりつけみたいに動《うご》かして、ツン子ちゃんを窓《まど》ぎわのテーブル席《せき》へと案内《あんない》しました。ほかにお客《きゃく》は見あたりません。

「何にする？」

さそわれるままに、おずおずと席についたツン子ちゃんに、おにいさんが親しげにたずねます。

「あたし…お金もってないんです」

ツン子ちゃんがささやくように言うと、おにいさんの眉《まゆ》がおもしろそうにきゅっとつりあがりました。

「ふーん。じゃ、今日はおごってあげるよ」

「いいの？」

「うん。きみ、かわいいから」

おにいさんがかがみこんで、ツン子ちゃんのほっぺたをちょんと指《ゆび》でつつきました。

「マシュマロみたいだ」

「……」

おにいさんの顔が目の前にありました。ツン子ちゃんのほっぺがふいに真《ま》っ赤《か》に染《そ》まります。なんだか胸《むね》がどきどきして、くるしいほどです。

前にも似《に》たようなことがあったのを思いだしました。でも、あのときはたしか、マシュマロみたい、ではなく、まんじゅうみたいと言われたのです。マシュマロとまんじゅうでは同じ食《た》べ物《もの》でも大ちがいです。

もちろん、ツン子ちゃんだっておまんじゅうが嫌《きら》いなわけじゃありません。もしも、おやつにマシュマロとおまんじゅうとどっちがいいかきかれたら、まようことなく、おまんじゅうのほうを選《えら》ぶと思います。けれど、女の子に向《む》かって、まんじゅうみたいと言うのはあきらかに悪口《わるくち》であって、まんじゅう呼《よ》ばわりされてよろこぶ女の子がいるはずありません。

「じゃ、ちょっと待《ま》ってて」

しばらくしておにいさんが運《はこ》んできたのは、ハムとチーズのホットサンド、トマトとハーブのグリーンサラダ、そして湯気《ゆげ》の立つミルクティーでした。

「ありがとう、おにいさん」

「ヒカルだよ」

おにいさんがツン子ちゃんのむかいにすわって、長い脚《あし》を組みました。

「ひかる?」

「ぼくの名前」

「ああ」

ヒカルさんがまた白い歯《は》を見せて、にっこりほほえみました。おにいさんにお似合《にあ》いの名前です。

「きみはなんて名前?」

「つき…」

月輝子《つきこ》と答えようとして、ツン子ちゃんはためらいました。それが自分のほんとうの名前なのか、今となってはわからなくなってしまったからです。

「自分の名前、おぼえてないの?」

「…ツン子」

ツン子ちゃんのくちびるから、思わず、その名がこぼれでました。本物《ほんもの》の月輝《つき》子《こ》はべつにいるのかもしれない。でも、同級生《どうきゅうせい》のいじわるなアキラくんにつけられたツン子というあだ名は、まちがいなくツン子ちゃんだけのものだったから。

「赤ずきんちゃんかと思ったよ」

「え？」

「だって、赤がよく似合《にあ》うからさ」

ツン子ちゃんは自分の着《き》ている赤いコートに目をやりました。考えてみると、この服《ふく》だってすべて借《か》り物《もの》です。

「ここのパンやお菓子《かし》、みんな、おにいさん…ヒカルさんが作ってるの？」

ミルクティーのおかわりをカップにそそいでもらいながら、ツン子ちゃんはききました。

「いや、作ってるのは師匠《ししょう》だよ。ぼくはならべて売ってるだけで。師匠はお菓子《かし》作りの名人なんだ」

「そうなの」

「今日はおごりだけど、これからもここで何か食べたいなら、皿洗《さらあら》いでもして働《はたら》いてもらおうかな」

「うん！」

おいしいパンやお菓子が食べられるというより、これからもここへ来ていいと言ってもらえたのがうれしくて、ツン子ちゃんは笑顔《えがお》になりました。なんだかヒカルさんとは初《はじ》めて会った気がしません。

「ねぇ、ヒカルさん、前にどこかで会ったことない？」

「さあ、どうかな。でも、ここではよくあることだよ。べつのところでよく似《に》たやつに会ったことがあるのかもしれない」

「ああ！」

ツン子ちゃんは思わずぱちんと手をたたきました。さっきの女の人が先生によく似《に》ていたように、ここではそういうことがめずらしくないということなのでしょうか？

ツン子ちゃんはまた、いじわるな同級生《どうきゅうせい》のことを思いだしていました。どういうわけか、さっきから、このやさしいおにいさんといじわるなアキラくんがかぶってばかりいるのです。おしゃれで、目がくりっとしている共通点《きょうつうてん》があるからでしょうか。

もちろん、ヒカルさんは、にくたらしいアキラくんより年上で、背《せ》が高く、眼鏡《めがね》もかけていません。でも、ひょっとすると、あいつのお兄さんか親戚《しんせき》という可能性《かのうせい》があるかもしれません。

「もしかして、弟いる？」

「さあね。自分のことはよくわからないんだ」

ヒカルさんはあっさり答えました。自分のことはよくわからないって、どういうことでしょう?

「こんにちはぁ!」

店先に花のような声がひびきます。三人の若《わか》い女のお客《きゃく》さんたちが入ってきました。

「いらっしゃい」

立ちあがったヒカルさんは、ツン子ちゃんに向《む》けたのと同じ素敵《すてき》な笑顔《えがお》でおうじます。それから、店は急《きゅう》にこみはじめ、たちまち満席《まんせき》になりました。

ヒカルさんはまるで踊《おど》るように軽《かろ》やかな身《み》のこなしで次々《つぎつぎ》にお客《きゃく》の注文《ちゅうもん》をさばき、パンやケーキやコーヒーを運《はこ》び、さらにあちこちでおしゃべりを楽しむ余裕《よゆう》さえありました。その楽しげでてきぱきした仕事《しごと》ぶりにツン子ちゃんは目がはなせません。

お客《きゃく》はなぜか、若《わか》い女の人ばかり。みんな、ヒカルさんがおめあてのようです。ヒカルさんはたいそうな人気者《にんきもの》で、どのお客もヒカルさんにうっとりした視線《しせん》を向《む》けています。ヒカルさんはみんなに平等《びょうどう》に笑顔《えがお》をふりまいていました。ツン子ちゃんはちょっぴり胸《むね》の奥《おく》がちりちりするような奇妙《きみょう》な感覚《かんかく》をおぼえましたが、それでも、ゆったりしたあたたかい気持《きも》ちが失《うしな》われることはありませんでした。

＊

夕焼《ゆうや》けの赤みをおびたひざしの中で、ツン子ちゃんは目をさましました。どうやら眠《ねむ》ってしまっていたようです。お店の中にほかのお客さんはいなくなっていました。

「起《お》きた?」

かたわらの席《せき》で本を読んでいたヒカルさんがほほえみかけました。

「あたし、寝《ね》ちゃってた?」

「つかれてたんだね」

「ここに来てから、自分が起きてるのか眠《ねむ》ってるのか、わからなくなる…」

「自分がいつ、どこから来たか、ちゃんとおぼえてるんだ」

ヒカルさんが少し意外《いがい》そうな表情《ひょうじょう》を見せました。

「おにいさんはおぼえてないの?」

「うん。よくおぼえてない」

「みんな、そうなの?」

「さあ、どうだろう。ここには二種類《しゅるい》の人たちがいるんだ。もとからここに住《す》んでる人とべつのところから来た人と」

もとからここに住《す》んでる人…たとえば、お菓子《かし》の家のおばあさんやコピーみたいにそっくりな薄《うす》っぺらな兵士《へいし》たち？

「べつのところから来た人は、どうしたらもとの場所《ばしょ》に帰れるの？」

「そうだなぁ。人によってちがうみたいだよ。特別《とくべつ》な理由《りゆう》もなく、気がついたら帰ってるってこともあれば、たとえば、ずっとさがしてたものを見つけたりすると、それがきっかけになることもあるらしい」

「さがしてたものを見つけたら？」

ツン子ちゃんは思わず身《み》をのりだしました。

「きみも何かさがしてるの？」

「うん」

「何を？」

「本物《ほんもの》のあたし」

ツン子ちゃんの答えにヒカルさんがおどろいたように目をまるくしました。

「だったら、きみ自身《じしん》はにせ物《もの》ってこと?」

「……」

「バカだな。人がけっしてさがしちゃいけないのが本物《ほんもの》の自分なのに」

「どうして?」

「だって、そんなもの、ぜったいに見つかりっこないからさ。ありのままの自分を受《う》けいれるか受けいれないかってことだけで」

外はしだいに暗《くら》くなってきました。ようやく、また夜がおとずれようとしていました。

「泊《と》まるとこ、あるの?」

「ううん」

ツン子ちゃんはすこし心細くなって、首をふりました。

「まあ、なんとかなるよ」

ヒカルさんがちょっと無責任《むせきにん》とも思える口調《くちょう》で言いました。

「なんとかなるって？」

「この道をまっすぐ歩いていったら、いくつか空《あ》き家《や》が見つかるはずだよ」

「でも、空き家だからって、勝手《かって》に入っちゃいけないでしょ？」

ツン子ちゃんはびっくりして眉《まゆ》をひそめました。

「入っていいかいけないかは自然《しぜん》にわかるようになってる」

「え？」

「心配《しんぱい》いらないよ。ここじゃ、クマの親子の家に不法侵入《ふほうしんにゅう》して無事《ぶじ》だった女の子だっているぐらいだから」

「クマ？」

ツン子ちゃんはぎょっとしてききかえしました。ヒカルさんがいたずらっぽくほほえみます。ヒカルさんは、ツン子ちゃんをこわがらせようとしているのでしょうか？　それとも、すこしからかっているだけ？

売《う》れ残《のこ》りだけど…と言いながら、ヒカルさんはツン子ちゃんにお店のパンをつつんでくれました。ツン子ちゃんがふりかえって最後《さいご》に見たのは、店の外で手をふるヒカルさんの素敵《すてき》な笑顔《えがお》でした。

6　ツン子ちゃん、コオニをひろう

ヒカルさんにおしえられたとおり、まっすぐ道を歩いているとちゅう、ツン子ちゃんは、ずんぐりした男の子たちが何かをとりかこんでいるのに気づきました。子どもたちの輪《わ》の中にうずくまってふるえているのは、子ネコのように見えました。

「どうぶつをいじめたりしちゃ、いけないいんだよっ！」

正義感《せいぎかん》あふれるツン子ちゃんが大声でさけぶと、子どもたちがいっせいにふりむきました。その瞬間《しゅんかん》、ツン子ちゃんは悲鳴《ひめい》をあげそうになりました。子どもに見えたのは子どもではなかったのです。背丈《せたけ》は子どもなのに、彼《かれ》らのあごにはひげが生《は》えていました。パイプをくわえている人までいます。

「なんだ、おじょうちゃん、ひょっとして、こいつの飼《か》い主《ぬし》かい？」

「え？」

意外《いがい》にもやさしげな口調《くちょう》でたずねられて、ツン子ちゃんは目をまるくしました。

「飼い主なら飼い主らしく、ちゃんとつないどいてくれなきゃ。悪《わる》さばっかりするんだから、この一角獣《いっかくじゅう》め！」

イッカクジュウ？

「まあ、おじょうちゃんがちゃんと責任《せきにん》とるっていうなら、今度《こんど》だけはゆるしてやってもいい」

ひげの生えた背《せ》の低《ひく》いおじさんたちは、ツン子ちゃんがぽかんとしたまま何ひとつまともに答えていないことに気づいた様子《ようす》もなく、足もとにおいてあった鋤《すき》やら鍬《くわ》やらをひろいあげて、陽気《ようき》に鼻歌《はなうた》を歌いながら行ってしまいました。

おじさんたちの背中《せなか》をぼんやり見おくっていたツン子ちゃんは、足に何かがふれたのに気づきました。下を向《む》いてみると、毛のふさふさしたまるい頭が見えました。てっぺんに何かとがったこぶのようなものが盛《も》りあがっています。

こうして見ると、ネコでないことはたしかです。おじさんたちが言っていたイッカクジュウとかいう生《い》き物《もの》なのでしょうか？

おどろいたことに、その生き物がいきなりひょいと立ちあがりました。はだしですが、しましまのトラ模様《もよう》のパンツをはいています。動物《どうぶつ》というより、人間の子どものように見えました。

（子鬼《こおに》？）

頭のてっぺんに角《つの》のようなものをはやした生き物が、なんとなく甘《あま》えるような目つきでツン子ちゃんを見あげていました。ツン子ちゃんと目が合うと、耳まで裂《さ》けそうな大きな口をあけて、にかっと笑《わら》ったのです。その口の中に小さいけれどギザギザのきばがびっしり生《は》えているのに気づいて、ツン子ちゃんはぞっとしました。

（やっぱり、鬼《おに》だ！）

いくら小さくても、鬼にはちがいありません。かみつかれたら指《ゆび》がちぎれてしまいそうです。

ツン子ちゃんはこわくなって、くるりと向《む》きを変《か》え、全速力《ぜんそくりょく》で走りだしました。かけっこが苦手《にがて》なツン子ちゃんは、足がもつれて何度《なんど》もころびそうになりましたが、とにかく必死《ひっし》で走りつづけました。息《いき》ができなくなって、ついに倒《たお》れこんだところに、こぢんまりした緑《みどり》の屋根《やね》の家がありました。

ツン子ちゃんはびくびくとうしろをふりかえりました。今にも子鬼《こおに》が追《お》いついてこないか気が気ではありません。ひとまず、この家の人にかくまってもらえないでしょうか？

呼《よ》び鈴《りん》はみあたりませんでしたが、扉《とびら》の真《ま》ん中《なか》に人の顔の形をした金属製《きんぞくせい》のノッカーがついていました。気むずかしそうなしかめ面《つら》で、高い鼻《はな》の部分《ぶぶん》にまるでアクセサリーみたいに大きな輪《わ》っかがついています。その輪っかで扉をたたいて音をだすしくみになっているようです。

ツン子ちゃんはうしろを気にしつつ、ノッカーで扉をたたいてみました。

「留守《るす》だ！」

すぐそばで不機嫌《ふきげん》そうな声が聞こえました。ぎょっとして、思わずあたり見まわしてみましたが、だれもいません。そもそも、だれもいないのなら、「留守だ」と告《つ》げるこの声の主《ぬし》はいったいだれなのでしょう？

たのんだところで入れてもらえそうもない気はしましたが、せっぱつまったツン子ちゃんは、もう一度《いちど》、ノッカーをたたいてみました。

「なんの用だ？」

ノッカーの男の目が至近距離《しきんきょり》からじろりとツン子ちゃんをにらんでいました。

なんと、声の主《ぬし》はノッカーだったのです。ツン子ちゃんはおどろいて飛《と》びあがりました。

「あの……」

「この家にはだれも住《す》んでないぞ！」

「わかりました。すみません……」

ツン子ちゃんはノッカーに頭を下げ、すごすごと引きさがりました。

「待《ま》て！」
「え？」
「用はなんだかまだ聞いてないが」
「それは…ちょっとだけ中に入れてもらえないかなぁと思ったんですけど…」

「そうか。なら、入れ！」

「え？」

ノッカーの意外《いがい》な答えに、ツン子ちゃんはぽかんと口をあけました。

「鍵《かぎ》はかかってない」

「あの…入ってもいいんですか？」

「かまわん。だれも住《す》んでないと言ってるのがわからんか？」

ノッカーがすました顔で言いました。ツン子ちゃんは半信半疑《はんしんはんぎ》で扉《とびら》を押《お》しました。ノッカーの言うとおり、鍵はかかっておらず、キーッときしむ音がして扉は開《あ》きました。たしかに人のいる気配《けはい》はありません。

床《ゆか》にはまるでじゅうたんさながらに、ほこりが白くつもっていました。足を踏《ふ》みだすたび、ほこりがけむりのように舞《ま》いあがり、たてつづけにくしゃみが出ました。この家がずいぶん長いこと、ほったらかしになっているのはあきらかです。

ツン子ちゃんは家の中をざっと見てまわりました。どうやら、そこに住《す》んでいたのは三人家族《かぞく》だったようです。居間《いま》のまるいテーブルのまわりには大中小の三つの椅子《いす》がならび（いちばん小さいのは、レストランなどでよく見かける脚《あし》の長いステップつきの子ども用の椅子《いす》です）、寝室《しんしつ》には大中小のベッドが三つ、そして、台所《だいどころ》の食器棚《しょっきだな》にしまわれた食器類《しょっきるい》も大中小の三種類《しゅるい》がありました。

ヒカルさんは、空《あ》き家《や》に入っていいかどうかは自然《しぜん》にわかるようになっていると言っていました。ノッカーから入っていいと言われたのだから、だれも住んでいないこの家にしばらく泊《と》めてもらってもいいのかもしれません。

そうと決《き》めたら、まずはくしゃみを止めるためにも、部屋《へや》のすみにおいてあったほうきとちりとりで、家じゅうをそうじすることにしました。

ツン子ちゃんは、キッチンの釘《くぎ》にかけてあった大きなエプロンを借《か》りて身支度《みじたく》をととのえました。扉《とびら》を開《あ》けはなして、大量《たいりょう》のほこりを表《おもて》にはきだすと、まともにほこりをかぶったノッカーが迷惑《めいわく》そうな顔で大きなくしゃみを連発《れんぱつ》しています。

ようやく家の中がきれいになって、くしゃみの発作《ほっさ》がおさまったツン子ちゃんは、エプロンをはずしてもとの場所《ばしょ》に返《かえ》し、中くらいの椅子《いす》に腰《こし》をおろして、ほっとひと息《いき》つきました。そのとき、戸口の外でごとんと物音《ものおと》がしたような気がしました。

「客《きゃく》だ！」

ノッカーのどら声がひびきました。お客？

ひょっとして、ヒカルさんが来てくれたのでしょうか？　ちょっとうれしくなって、ツン子ちゃんは嬉々《きき》として扉《とびら》を開《あ》けました。するとそこには、さっきの子《こ》鬼《おに》が立っているではありませんか！

「ぎゃっ！」

思わずさけび声をあげて、ツン子ちゃんはうしろに大きく飛《と》びのきました。い

うか？

いったいなぜ、この生《い》き物《もの》はツン子ちゃんがここにいることを知っているのでしょうか？

子鬼《こおに》はまるで招待《しょうたい》されたお客《きゃく》のような顔で、何やら手みやげらしきものをさしだしました。おどろきのあまり、凍《こお》りついたようにかたまっているツン子ちゃんの目の前で、子鬼は見せびらかすみたいに、もっていた袋《ふくろ》の口を大きく開《ひら》きました。中にはシュークリームやらビスケットやらタルトやら、お菓子《かし》がいっぱい入っています。なんとなく見おぼえのあるお菓子です。

「もしかして、お菓子の家から取《と》ってきたの？」

子鬼は耳まで裂《さ》けそうな口でにっと笑《わら》いました。背《せ》の低《ひく》いおじさんたちから助《たす》けてもらったお礼《れい》のつもりでしょうか？

だとしても、人の家から盗《ぬす》んできたものを受《う》けとることなどできません。もちろん、家の中にだって入れたくなかったのに、通せんぼするように立ちはだかっていたツン子ちゃんのわきをすりぬけて、いつの間にか子鬼《こおに》は戸口の中に入っていました。それどころか、あたりまえのような顔でいちばん小さな椅子《いす》によじのぼり、自分のもってきたお菓子《かし》をテーブルにひろげて、むしゃむしゃ食べはじめたのです。

「だれが入っていいって言ったのよ、この子鬼め！」

「コオニ…？」

子鬼はツン子ちゃんの言った言葉《ことば》をくりかえし、ひょこっと首をかしげました。

「子鬼！　あんたのことよ！」

ツン子ちゃんがさけぶと、子鬼は椅子にすわったまま、はしゃぐように手足をぱたぱたさせました。

「コオニ？　コオニ！　コオニ！」

どうやらこの生《い》き物《もの》は、ツン子ちゃんにコオニという名前をつけてもらったとかんちがいしてしまったようでした。すっかりその名が気に入ったらしく、コオニは上機嫌《じょうきげん》でその大きな口いっぱいにお菓子《かし》をほおばります。そうじしたばかりの床《ゆか》の上にお菓子のくずがぼろぼろこぼれ落《お》ちました。

「ちょっと！　もっとお行儀《ぎょうぎ》よくできないの？　お菓子ばっかり食べてると、虫歯《むしば》になっちゃうんだから！」

話の通じないコオニにいらついて、ツン子ちゃんはつい、お母さんみたいなことを言ってしまいました。

床《ゆか》をもう一度《ど》そうじしながら、ツン子ちゃんはどうしたらコオニを追《お》いだせるか頭をなやませました。

日もとっぷり暮《く》れていました。危険《きけん》な生《い》き物《もの》であるとしても、まだ小さいコオニを夜の闇《やみ》の中にほうりだすのは、さすがのツン子ちゃんも気がひけました。帰る家があるのか、親がいるのかもわからないこのコオニを、どうやら一晩泊《ひとばんと》めて

郵便はがき

料金受取人払郵便

牛込局承認

6053

差出有効期間
平成27年5月
31日まで有効
(切手をはらずに
お出しください)

162-8790

東京都新宿区市谷台町
四番一五号

株式会社小峰書店
愛読者係

ご愛読者カード　今後の出版企画の参考にいたしたく存じます。ご記入の上
ご投函くださいますようお願いいいたします。

今後，小峰書店ならびに著者から各種ご案内やアンケートのお願いをお送りして
もよろしいでしょうか。ご承諾いただける方は，下の□に○をご記入ください。

□ 小峰書店ならびに著者からの案内を受け取ることを承諾します。

・ご住所　〒

・お名前　(　　歳) 男・女

・お子さまのお名前

・お電話番号

・メールアドレス (お持ちの方のみ)

ご愛読ありがとうございます。
あなたのご意見をお聞かせください。

この本のなまえ

この本を読んで、感じたことを教えてください。

この感想を広告等、書籍のPRに使わせていただいてもよろしいですか?
（実名で可・匿名で可・不可）

この本を何でお知りになりましたか。
1. 書店　2. インターネット　3. 書評　4. 広告　5. 図書館
6. その他（　　　　　　　　　　）

何にひかれてこの本をお求めになりましたか？（いくつでも）
1. テーマ　2. タイトル　3. 装丁　4. 著者　5. 帯　6. 内容
7. 絵　8. 新聞などの情報　9. その他（　　　　　　　　　　）

小峰書店の総合図書目録をお持ちですか？（無料）
1. 持っている　2. 持っていないので送ってほしい　3. いらない

職業
1. 学生　2. 会社員　3. 公務員　4. 自営業　5. 主婦
6. その他（　　　　　　　　　　）

ご協力ありがとうございました。

やらなければいけないようです。

洗面所《せんめんじょ》にはこの家の家族《かぞく》が使《つか》っていたらしい歯《は》ブラシがならんでいました。まさか、ほかの人の使った歯ブラシを使うことはできませんから、買いおきがないか棚《たな》をさがしてみました。すると、ちゃんと大中小三種類《しゅるい》の新品《しんぴん》が見つかったのです。

ツン子ちゃんは、小さい子用の歯ブラシをえらんで、はみがきこをぬりました。

「ほら、口をあけてごらん。あーんって」

コオニがぱかっと口をあけました。びっくりするぐらい大きく開《ひら》かれた口の中に、ちっちゃなギザギザのきばがずらりとならんでいます。ツン子ちゃんは一瞬《いっしゅん》、かまれたらどうしようと思って、どきどきしました。でも、ツン子ちゃんが勇気《ゆうき》をだしてきばをみがいてあげている間、コオニはおとなしく口をあけたままでした。

「はい。おわり」

コップでうがいをさせようとすると、コオニは口をゆすいだあとの水を吐《は》きださずにごくりと飲《の》みこんでしまいました。ツン子ちゃんはあわてましたが、コオニはべつに気にする様子《ようす》もなく、ふわーっと大きなあくびをしています。

「ねむいの?」

ツン子ちゃんの質問《しつもん》には答えず、コオニはとつぜん、きょろきょろしながら、何かをさがしはじめました。寝室《しんしつ》の扉《とびら》を開《あ》けて、ベッドを見つけると、まっしぐらにいちばん小さいベッドにもぐりこみました。次《つぎ》の瞬間《しゅんかん》にはもう高いびきです。

ツン子ちゃんはやれやれと思いましたが、自分も立っていられないほどつかれているのに気づきました。中ぐらいのベッドに横《よこ》たわり、くーくーと気持《きも》ちよさそうなコオニの寝息《ねいき》を聞いているうちに、いつしかツン子ちゃんも眠《ねむ》りの中にひきこまれていきました。

＊

翌朝《よくあさ》、カーテンのすきまからさしこむまぶしい光でめざめたツン子ちゃんは、自分が中くらいの大きさのベッドに寝《ね》ていること、となりの小さなベッドにコオニがいることが、まるでずっと前からそうだったかのように、ごく自然《しぜん》なものに感《かん》じられました。それもまた、この場所《ばしょ》にかけられた魔法《まほう》のせいなのかもしれません。

コオニは目をさましたとたん、元気いっぱいに飛《と》び起《お》きて、小さな椅子《いす》によじのぼり、昨日《きのう》の残《のこ》りのお菓子《かし》をぼりぼり食べはじめました。これまでいったい、どんな暮《く》らしをしていたのか、さっぱりけんとうがつきませんが、ここが住《す》み慣《な》れたわが家のようにくつろいで、母ガモを追《お》いかける子ガモみたいにツン子ちゃんについてまわります。

「うしろにくっついてるちっこいのはなんだい？」

朝ご飯《はん》をすませたあと、落《お》ちつき先《さき》を見つけたことを報告《ほうこく》するためにカフェに行くと、ヒカルさんがふしぎそうにたずねました。

「よくわからない。なぜだか、追《お》いはらっても出ていかなくて」

「もしかして、きみ、こいつがいじめられてるところを助《たす》けてやったんじゃないの？」

ヒカルさんがおもしろそうに眉《まゆ》をつりあげます。

「え？」

「ハハ、図星《ずぼし》だね。ここでは、うっかり何かを助けたりしたら、必《かなら》ずこういうことになるんだよ。知らなかった？」

「……」

もちろん、ツン子ちゃんは、そんなことなど知るわけもありません。

「こいつはなんの生き物《いきもの》だい？」

「わかんないけど…鬼の子《おにのこ》かと思って、コオニって呼《よ》んだら、すっかり自分の名前だと思いこんじゃったみたいで」

「ははぁ。きみ、こいつに名前までつけてやったんだ。そりゃ、どこまでもついてまわるはずだよ。何かに名前をつけたら、最後《さいご》まで責任《せきにん》をもたないといけないんだからね」

ヒカルさんが冗談半分《じょうだんはんぶん》で、お客《きゃく》の忘《わす》れていったらしい毛糸玉を投《な》げてやると、コオニはほとんど反射的《はんしゃてき》にぱっと飛《と》びつき、子ネコそっくりに毛糸玉にじゃれはじめました。

「コオニはだれにいじめられてたの？」

「いじめられてたわけじゃないみたい。何かいたずらして、おじさんたちに叱《しか》られてたみたいで」

「こいつ、いかにも、いたずらっ子って感《かん》じだもんな」

ヒカルさんは長い脚《あし》をのばして、しましまのトラ模様《もよう》のパンツをはいたコオニのおしりをちょいちょいとつつきました。コオニがうるさそうにふりむいて、ヒカルさんをにらみつけます。

「人はどうして、理由《りゆう》もなくだれかをいじめたりするの?」

ツン子ちゃんはふいに、もとの世《せ》

界《かい》のことを思いだして、ヒカルさんにきいてみました。

「さあ、どうしてかな」

「きっと、この世界《せかい》では、いじめっこはかならずバツを受《う》けるんでしょ？」

「さあ、どうかな。でも、人がだれかをいじめるのって、相手《あいて》が嫌《きら》いだからとはかぎらないよ」

「え？　嫌いじゃないのに、なんでいじめるの？」

「相手の反応《はんのう》を見てみたいから…とか？」

ヒカルさんがまた、つま先でコオ

ニのおしりをつつきました。怒《おこ》ったコオニがその足先にぱくっと噛《か》みつこうとした寸前《すんぜん》に、ヒカルさんはひょいとつま先をかわしました。

「そんなのヘン。いじわるされたほうは、すごくいやな気持《きも》ちになるのに」

「だれかにいじめられてたの？」

「クラスにすごくいじわるな男の子がいて、人の顔、まんじゅうみたいだって……」

「女の子に向《む》かって、そりゃ失礼《しつれい》だよな」

ヒカルさんはさもおかしそうに声をたてて笑《わら》いました。

「でもさ、今度《こんど》そいつに会ったらきいてみるといいよ。まんじゅうは嫌《きら》いなのかって」

「え？」

「きいてみたら、わかるよ」

ヒカルさんはかがみこんで、コオニの頭を手でなでながら、意味《いみ》ありげにつぶやきました。

コオニがすっかり毛糸玉を気に入った様子《ようす》だったので、ツン子ちゃんはヒカルさんから毛糸玉をもらって帰ることにしました。

足の向《む》くまま、ぶらぶら歩いているうちに、いつのまにか、お菓子《かし》の家の前に来ていました。でも、ちょっとふしぎです。お菓子の家は最初《さいしょ》からこの場所《ばしょ》にあったでしょうか？　なんだかちがうような…。

ツン子ちゃんが頭をなやませているうちに、コオニはお菓子の家に飛《と》びついて、チョコやらラスクやら手あたりしだいにむしりとり、むしゃむしゃとほおばりはじめました。ついさっき、ヒカルさんのところで、おなかがはちきれそうなほどお昼《ひる》ご飯《はん》をごちそうしてもらったばかりなのに。

「こら！　わたしの家を食べてるのはだれだい？」

扉《とびら》がばんと開《ひら》いて、しわくちゃのおばあさんが出てきました。おばあさんはまずコオニをにらみつけ、それから、ツン子ちゃんに気がつきました。

「おや、またあんたかい。元気でやってるのかな？」

ツン子ちゃんはすこし気おくれしながら、うなずきました。このおばあさんにはいろいろ親切にしてもらったのに、コオニが盗《ぬす》みをしているのをだまって見ているなんて、どろぼうの仲間《なかま》と思われてもしかたのない状況《じょうきょう》です。

「このちっこいのはあんたの弟かい？」

「ちがいますっ！」

ツン子ちゃんは力いっぱい否定《ひてい》しました。もはや、まったくの無関係《むかんけい》とは言いきれませんが、すくなくとも弟でないのはたしかです。

「このチビすけには、前からこまってるんだよ。ほとんど毎日のようにやって来て、わが家を食いちらかしていくんだからね」

「……」

思ったとおり、やっぱりコオニはお菓子《かし》どろぼうの常習犯《じょうしゅうはん》なのです。ツン子ちゃんが責任《せきにん》を取《と》らされることになったら、どうしたらいいのでしょう？

「あんたの弟でないなら、わたしが引きとってやろうか」

「え？」

おばあさんの思いがけない申《もう》し出《で》に、ツン子ちゃんは思わず、ぽかんと口をあけました。

「どうせ、あんたもこまってるんじゃないのかい？　このチビすけは、あちこちでいたずらばっかりしてるんだから」

「でも…引きとるって？　まさか、食べちゃうつもり？」

ツン子ちゃんがおどろいてたずねると、おばあさんはにやりと笑《わら》いました。

「だとしたら、いけないのかい？　あんた、こいつがじゃまなんだろ？」

「でも！」

たしかにコオニはじゃまっけな存在《そんざい》です。弟でもないのに、ツン子ちゃんのあとをくっついてまわり、何から何まで世話《せわ》をさせられています。けれど、食べられてしまうかもしれないとわかっていて、このおばあさんにあずけるのは、いくらなんでもひどすぎるような気がします。

「このチビすけは危険《きけん》だよ。ほしいと思ったら、なにもがまんできないんだから。いつかあんたがたいへんなとばっちりを食うはめになる」

おばあさんが不吉《ふきつ》な予言《よげん》めいた言葉《ことば》を口にしました。コオニはおびえた表情《ひょうじょう》になって、ツン子ちゃんのうしろにかくれます。

「コオニは…弟じゃないけど、弟みたいなものだから、やっぱりあたしがめんどう見ます」

ツン子ちゃんはきっぱり言いきりました。木村《きむら》マユミ先生によく似《に》た女検察官《おんなけんさつかん》から、弟のめんどうを見ないという無実《むじつ》の罪《つみ》を着《き》せられたことを思いだしていたのです。もしここでコオニを見すてたら、ほんとうに罪をおかすことになるような気がしました。

コオニを背中《せなか》にかばうツン子ちゃんを見て、おばあさんは意外《いがい》そうに眉《まゆ》をつりあげ、それからふふっと笑《わら》いました。

「あんたがそう言うなら、しかたない。このチビすけが悪《わる》さをしないように、しっかりめんどう見てやるんだね」

「……」

ツン子ちゃんはたちまち不安《ふあん》にとらわれました。自信《じしん》もなければその能力《のうりょく》もないのに、どうしてコオニのめんどうを見るなんて言ってしまったのか、自分でもよくわかりません。

「つんこ！」

思《おも》い悩《なや》みながら、ぼんやり歩いていた帰り道、コオニがとつぜん、ツン子ちゃんの名前を呼《よ》びました。ツン子ちゃんははっとして足を止めます。

「ほしいの、なに？」

「え？　ほしいもの？」

コオニからこんな質問《しつもん》をされるとは思ってもみなかったので、ツン子ちゃんは首をかしげました。あたしのほしいものって何？　ツン子ちゃんは自分にきいてみました。

考えてみると、ここに来たのはほんとうの自分を見つけるためであるような気がします。でも、ヒカルさんはほんとうの自分なんかさがしちゃいけないと言ったのです。

「なに？」

コオニがじれたようにさいそくしました。

「…そうだなぁ。なんでも願《ねが》いのかなう魔法《まほう》とか」

「ながい…？」

コオニはツン子ちゃんの答えが理解《りかい》できないのか、低《ひく》い鼻《はな》にしわを寄《よ》せて顔をしかめました。しばらくひとりで何やらぶつぶつつぶやいていましたが、緑《みどり》の屋《や》根《ね》の〈わが家〉が見えてくると、急《きゅう》にどうでもよくなったような顔で、飛《と》びはねるようにうちの中にかけこんでいきました。


真夜中《まよなか》、ふとめざめると、何かやわらかいものがツン子ちゃんの背中《せなか》に押《お》しつけられていました。いつのまにか、コオニがツン子ちゃんのベッドにもぐりこんでいたのです。なんてめいわくなチビなんだろうとツン子ちゃんは思いました。じゃまなコオニを押しのけようと手をのばしかけ、けれどけっきょく、その手はとちゅうで止まってしまいました。背中に感《かん》じるあたたかさはしみいるように心

地よく、ツン子ちゃんはそのぬくもりにつつまれながら、
ふたたび深《ふか》い眠《ねむ》りの中に落《お》ちていきました。

7 ツン子ちゃん、うそをつく

コオニはたいてい、朝から晩《ばん》まで、どこにでもツン子ちゃんについてまわりましたが、ときどき、ひとりでふっと姿《すがた》を消《け》してしまうことがあります。そんなときはいつも、何かしらおみやげをもって帰ってきました。

ツン子ちゃんは、そのおみやげがたいそうめいわくでした。お菓子《かし》の家のお菓子がそうであるように、ほとんどがどこかから盗《ぬす》んできたもののようだったからです。だまって人のものをとってきてはいけないと何度《なんど》言いきかせてみても、コオニにはちっとも理《り》解《かい》できないようでした。

その日、コオニが得意《とくい》げに開《ひら》いた手のひらにのっていたのは、深《ふか》い緑《みどり》の奥《おく》にいくつもの色がまざった美《うつく》しい石でした。

「これ、どうしたの？　また、どこかから盗《ぬす》んできたの？」

コオニは耳まで裂《さ》けそうな大きな口で、にっと笑《わら》いました。

「つんこの！」

美しい石をツン子ちゃんの目の前に見せびらかしながら、コオニがぴょんぴょん飛《と》びはねるように言いました。

「かなう」

「え？」

「ながい！」

「……」

ツン子ちゃんはわけがわからず、首をかしげました。ながい？　前にもコオニ

が同じようなことをつぶやいていた気がします。あれは…ながい、じゃなくて、ねがい？　願《ねが》いがかなうとコオニは言いたいのでしょうか？　この石にそんな力があると？

思わずコオニから石を受《う》けとって、まじまじと見つめました。深《ふか》い緑《みどり》の中からべつの宇宙《うちゅう》が生まれてくるようなそんなふしぎな錯覚《さっかく》にとらわれました。

ツン子ちゃんに石をわたしたとたん、コオニは満足《まんぞく》げな表情《ひょうじょう》になりました。ツン子ちゃんが願いのかなう魔法《まほう》がほしいと言ったことをおぼえていたのでしょうか？　そのために、コオニはあれこれおみやげをもちかえっている？

ツン子ちゃんは石を手にしたまま、しばらくたたずんでいましたが、やがて、緑の石を戸棚《とだな》の奥深《おくふか》くにしまいこみました。

＊

「ねぇねぇ、知ってる？　昨日《きのう》、お城《しろ》にどろぼうが入ったって」

次《つぎ》の日、ツン子ちゃんがカフェで洗《あら》い物《もの》を手伝《てつだ》っていると、お客《きゃく》さんのうわさ話が聞こえてきました。

めずらしく、コオニはいっしょではありませんでした。よほどつかれていたのか、朝になってもぐっすり眠《ねむ》りこんだままベッドから起《お》きてこなかったので、ツン子ちゃんはひとりでここに来たのです。

「奥庭《おくにわ》の木から宝石《ほうせき》がひとつ盗《ぬす》まれたらしいの」

「え！　それってまさか、女王さまの？」

「そうよ。あれを盗むなんて、ずいぶん命知《いのちし》らずなどろぼうもいたものね」

ツン子ちゃんは思わず手を止めて、聞き耳をたてました。テーブルはほとんど満席《まんせき》で、お店にはさまざまなおしゃべりの声があふれているのに、今、ツン子ちゃんの耳に入ってくるのは盗《ぬす》まれた宝石《ほうせき》のことだけです。

ツン子ちゃんにわかったのは、女王の木は王宮《おうきゅう》の奥庭《おくにわ》に生《は》えていること、その木には、手にすれば願《ねが》いがかなうという色とりどりの宝石がたわわに実《みの》っていること、昨日《きのう》、その貴重《きちょう》な宝石のひとつが何者《なにもの》かに盗まれたということでした。うわさ話をしていたおねえさんたちがお店を出ていくとき、ツン子ちゃんはいてもたってもいられなくなって、洗《あら》い物《もの》をほうりだし、あわててあとを追《お》いかけました。

「あの…すみません。王宮ってどこにあるんですか？」

往来《おうらい》でツン子ちゃんがたずねると、ふりかえったおねえさんたちは、そろってけげんな顔になりました。

「あら、それ、どういう意味《いみ》？　街《まち》のどこからだって見えるでしょ？」

「……」

おねえさんたちがいっせいに指《ゆび》さす先に目をやると、たしかに天高くそびえ立つ王城《おうじょう》が見えました。でも、そんなはずがあるでしょうか？　今の今まで、こんなお城《しろ》を見た記憶《きおく》がまるでないのです。

ツン子ちゃんはこわくなってしまい、カフェにもどってヒカルさんに相談《そうだん》する気にもなれず、すぐにうちに帰ることにしました。

道すがら、コオニのことが気が気でなかったのですが、もどってみると、コオニは特《とく》に変《か》わった様子《ようす》もなく、床《ゆか》にごろごろ転《ころ》がって毛糸玉にじゃれながら、機《き》嫌《げん》よく留守番《るすばん》していました。

女王の木から盗《ぬす》まれた宝石《ほうせき》というのが、昨日《きのう》、コオニがもちかえったあの石であることは、まずまちがいありません。コオニはとんでもないものを盗んでしまったのです。いったい、どうすればいいのでしょう？

いい考えなどうかぶわけもなく、コオニに事情《じじょう》を説明《せつめい》させる気にもなれないまま、ただただ不安《ふあん》な時間だけがすぎていきました。

ふいに扉《とびら》を乱暴《らんぼう》にノックする音がひびきわたりました。ノッカーではなく、直接《ちょくせつ》、扉をたたいているようです。のんきにむしゃむしゃおやつを食べていたコオニがびくりとするのがわかりました。

「開《あ》けろ！　早くここを開けるんだ！」

恐怖《きょうふ》のあまり、ツン子ちゃんは一瞬《いっしゅん》、いないふりをしようかと思いました。でも、このままかくれていたら扉をたたきこわされてしまいそうです。

しぶしぶ扉を開けると、そこに仁王立《におうだ》ちしていたのは黒々としたひげをはやした大柄《おおがら》な役人《やくにん》でした。この前のコピーで作られたみたいな薄《うす》っぺらな兵士《へいし》たちとはちがい、へなちょこな印象《いんしょう》はみじんもありません。ノッカーも、自分よりこわい顔の役人におそれをなしたのか、死《し》んだふりをしたようにだまりこんでいます。

「王宮《おうきゅう》から来た。女王の木から宝石《ほうせき》を盗《ぬす》んだ犯人《はんにん》をさがすために、街《まち》じゅうのすべての家を調《しら》べてまわっている！」

眼光《がんこう》するどい役人《やくにん》がさけびました。

「ここはおまえのうちか？」

「……」

はいと答えかけて、ツン子ちゃんはかたまってしまいました。この家には勝手《かって》に住《す》んでいるだけだということを忘《わす》れていたのです。役人は眉間《みけん》にしわをよせて、手にした台帳《だいちょう》のページをめくっています。

「おかしいな。ここには夫婦《ふうふ》と子どもの三人家族《かぞく》が住んでいるはずだが？」

役人が疑《うたが》いの目でツン子ちゃんをにらみました。

役人の高圧的《こうあつてき》な態度《たいど》にコオニはすっかりおびえきっていました。昨夜《さくや》、ツン子ちゃんが石をかくした戸棚《とだな》のほうばかり、ちらちらと見ています。そのあきらかに挙動不審《きょどうふしん》な様子《ようす》は役人の注意《ちゅうい》をひかずにはいませんでした。

ふいに役人《やくにん》がツン子ちゃんを押《お》しのけ、大またで戸棚《とだな》に歩みよりました。上から順番《じゅんばん》にひきだしを開《あ》け、すぐに緑《みどり》の石を見つけてしまったのです。

「犯人《はんにん》はおまえか？」

「あたしじゃない！」

ツン子ちゃんは両手《りょうて》で自分の頭をかばい、悲鳴《ひめい》のようにさけびました。ところが、気がついてみると、役人がにらんでいるのはツン子ちゃんではなかったのです。いつのまにか、ツン子ちゃんの背中《せなか》にぴったりはりついて、ぶるぶるふるえているコオニでした。

このままではコオニがつかまってしまう。人のものをだまってもってきてはいけないとまだ理解《りかい》することさえできない幼《おさな》い子どもなのに。

「…ちがう。あたしがやったの！」

ツン子ちゃんはさっきまでの恐怖心《きょうふしん》をふりすてて、コオニをつかまえようとしていた役人《やくにん》の前に立ちはだかりました。

「今、犯人《はんにん》は自分じゃないと言ったばかりなのに？」

ツン子ちゃんの豹変《ひょうへん》ぶりに、役人が困惑《こんわく》したようにききかえします。

「ううん！　あたしよ！　あたしがやったの。どうしても願《ねが》いをかなえたくて、女王さまの石を盗《ぬす》んだの！」

それはツン子ちゃんが生まれて初《はじ》めてつくうそでした。役人は納得《なっとく》のいかない様子《ようす》で顔をしかめています。コオニのしわざだと確信《かくしん》しているからでしょう。

けれど、いつの間にか、コオニの姿《すがた》はけむりのように消《き》えていました。残《のこ》されたのは動《うご》かぬ証拠《しょうこ》の宝石《ほうせき》とツン子ちゃんの自白《じはく》のみという状況《じょうきょう》で、役人はツン子ちゃんを連行《れんこう》していくほかありませんでした。

*

ツン子ちゃんは王城《おうじょう》の塔《とう》の一室に監禁《かんきん》されていました。そこは何もない四角い空間で、牢獄《ろうごく》というより清潔《せいけつ》な病室《びょうしつ》のようでしたが、耳をすましてみても、あたりに人のいる気配《けはい》はいっさいありません。

この前は身《み》におぼえのない容疑《ようぎ》で取《と》り調《しら》べられましたが、今は本物《ほんもの》の罪人《ざいにん》でした。それでも、この前のような検察官《けんさつかん》に取り調べを受《う》けることもなく、ツン子ちゃんはただそこに放置《ほうち》されているだけでした。

ひざをかかえて床《ゆか》にすわったまま、ツン子ちゃんは天井《てんじょう》近くに開《あ》いた高窓《たかまど》から空をながめていました。じっと見つめていると、一定《いってい》の方向《ほうこう》に雲が流《なが》れていくのがわかります。空の高いところで風が吹《ふ》いているのでしょう。

コオニがひとりでおびえていないか、おなかをすかせていないか、そんなことばかりが気になりました。こんなことになっても、コオニを責《せ》める気にはなれません。だってコオニはツン子ちゃんのために女王の宝石《ほうせき》を盗《ぬす》んだのですから。扉《とびら》の開《ひら》く音でふりむくと、おどろいたことに、入ってきたのはお菓子《かし》の家のおばあさんでした。

「ほらほら、おなかがすいただろ。さしいれをもってきたよ」

あっけにとられているツン子ちゃんの横《よこ》で、おばあさんはかかえていたビニールシートを床《ゆか》にひろげると、手さげ袋《ぶくろ》から二段《だん》がさねの大きなお弁当箱《べんとうばこ》を取《と》りだして、順番《じゅんばん》にふたを開《あ》けてみせました。色とりどりの具《ぐ》をのせた一口大のおにぎりとハンバーグ、卵焼《たまごや》きにエビフライ、ポテトサラダにミニトマトなど、まるで運動会《うんどうかい》かピクニックのお弁当《べんとう》さながらのにぎやかさです。

「あたしはね、子どもにひもじい思いをさせるのはがまんならないんだよ」

水筒《すいとう》からカップにお茶をそそぎながら、おばあさんは言いました。ツン子ちゃんがつかまったと聞いて、いてもたってもいられず面会《めんかい》に来たというのです。

「でも、こんなお城《しろ》の奥《おく》までどうして入れてもらえたの？」

「あたしには特別《とくべつ》のコネがあるからね」

おばあさんはおちくぼんだ目で意味《いみ》ありげにウィンクしました。

「女王の宝石《ほうせき》を盗《ぬす》んだのは、あんたじゃなくて、コオニだろ？」

おいしい手料理《てりょうり》でおなかがいっぱいになったころ、たずねられました。ツン子ちゃんが首を横《よこ》にふると、おばあさんが小さくため息《いき》をつきます。

「こんな目にあってるのに、あの獣《けもの》をかばう気かい？　おまえにめんどうばかりかけるチビすけを」

「……」

「コオニの居場所《いばしょ》さえ話せば、あんたはすぐに釈放《しゃくほう》してもらえるよ」

「……」

ツン子ちゃんはこの取引《とりひき》に応《おう》じるわけにはいきませんでした。それに、どのみち、コオニの居場所《いばしょ》はわかりません。

「しかたないねぇ…」

おばあさんは聞きわけのない孫《まご》を見るような目でツン子ちゃんを見やりました。それから、よっこらしょと立ちあがり、やおら壁《かべ》の一面《いちめん》に両手《りょうて》をあてたのです。次《つぎ》の瞬間《しゅんかん》、ただの壁としか思えなかった部分《ぶぶん》が手品《てじな》のようにぱっと開《ひら》き、あっけにとられているツン子ちゃんの目の前で、おばあさんはシーツやら毛布《もうふ》やら枕《まくら》やらを取《と》りだしました。ツン子ちゃんのために寝床《ねどこ》をととのえ、さらにしばらくあれこれ世話《せわ》をやいてから、おばあさんは、なごりおしげに帰っていきました。


次《つぎ》にさしいれをもってきたのはヒカルさんです。どうやら、お城《しろ》に特別《とくべつ》なコネがあるというお菓子《かし》の家のおばあさんの口利《くちき》きのようでした。盗《ぬす》みの容疑《ようぎ》でつかまっているはずなのに、こんなふうに毎日、知っている人が食事《しょくじ》を運《はこ》んできてくれるなんて、どう考えてもヘンです。それとも、ツン子ちゃんに真犯人《しんはんにん》の居場所《いばしょ》を白状《はくじょう》させるために、知り合いが次々《つぎつぎ》に送《おく》りこまれているのでしょうか？

「もしかして、ヒカルさんの師匠《ししょう》って、お菓子《かし》の家のおばあさん？」

おいしいアップルパイをほおばりながらツン子ちゃんはたずねました。お店にならんだお菓子《かし》やパンを作っているのは、自分じゃなく師匠だとヒカルさんが言っていたのを思いだしたのです。ヒカルさんは否定《ひてい》も肯定《こうてい》もせず、あいまいにほほえみました。

「たいへんな目にあったね。犯人《はんにん》はきみじゃなくて、コオニだろ？」

ヒカルさんが同情《どうじょう》をこめてツン子ちゃんの肩《かた》をぽんぽんとたたきます。

「ヒカルさんも、コオニの居場所をおしえろって言いにきたの？」

「ちがうよ。ただ、きみの顔を見にきただけだ」

「あれから、コオニを見かけた？」

ツン子ちゃんはすこしあたりを見まわしてから、声をひそめました。もしかして、この部屋《へや》のどこかに監視《かんし》カメラか盗聴器《とうちょうき》のようなものがしかけられているかもしれないからです。

「いや。なんだか、ここにはもういない気がする」

ヒカルさんは遠い目をして答えます。

「いないって？」

「〈時《とき》〉が来たのかもしれない。ここでは、よくあることだ」

「逃《に》げたってこと？」

「さあ、どうだろう」

ヒカルさんの答えはなぞのようです。でも、ツン子ちゃんはほっとしていました。もうここにいないとしたら、コオニがつかまることはないのです。

「どっちにしても、きみは女王の石を手にしたんだね」

「え？」

「女王の宝石《ほうせき》だよ。それを手にした者《もの》はどんな願《ねが》いもかなえることができるって言われてる」

「でも、もちろん、すぐに取《と》りあげられちゃったけど？」

「そうだとしても、いったんはきみのものだったんだろ」

「……」

たった一晩《ひとばん》、戸棚《とだな》にかくしておいただけで、ツン子ちゃんのものだったなんていえるでしょうか？

「どんな形にしても、きみの願いはかなうことになるよ」

「あたしの願い？　でも、ヒカルさんはほんとうの自分なんかさがしちゃいけないって言ったじゃない」

「だけど、たぶん、それをさがすのがきみの運命《うんめい》なんだ」

「運命《うんめい》…？」

「きみはおそらく、そのためにこの国に来たんだね」

ヒカルさんはまるで予言者《よげんしゃ》のようでした。

「それじゃ、ヒカルさんは？」

「さあね。自分のことはわからないものなんだ」

それはヒカルさんの口癖《くちぐせ》でした。自分のことがわからないなんて、もどかしくてたまらないはずなのに、ヒカルさんはそれをそのまま受《う》け入《い》れているように見えます。どうしてそんなふうにできるのか、ツン子ちゃんにはわかりませんでした。

8　ツン子ちゃん、毒《どく》リンゴを食べる

「さあ、出ろ」

いきなり牢獄《ろうごく》からだされたのは、連《つ》れてこられて三日めのことです。ツン子ちゃんの背中《せなか》を乱暴《らんぼう》に押《お》しやるのはこの前とはべつの役人《やくにん》だと思われますが、なんだかどの人も似《に》たりよったりで、ほとんど見わけがつきません。

けっきょく、取《と》り調《しら》べも何もないまま、ツン子ちゃんは証拠不十分《しょうこふじゅうぶん》ということで釈放《しゃくほう》されたのです。

罪人《ざいにん》として閉《と》じこめられていたとはいえ、お菓子《かし》の家のおばあさんとヒカルさんがかわるがわるごちそうを届《とど》けてくれたし、たいしてひどい目にあったわけでもないのに、外に出てみると、心もからだもくたくたに疲《つか》れていました。ツン子ちゃんは重《おも》たい足をひきずるようにして、ひとまず、あのうちにもどることにしました。

「やっと帰ってきたか」

相変《あいか》わらずのぶっちょうづらでノッカーがつぶやきます。ただ、その声には心なしか、ねぎらうようなひびきが感《かん》じられました。

コオニの姿《すがた》はなく、家の中はがらんとしています。ぼんやりすわったまま、どれほどの時間がすぎたでしょうか。ふいに扉《とびら》をノックする音がひびきました。

「客《きゃく》だ!」

ノッカーの告《つ》げる声が聞こえます。一瞬《いっしゅん》、コオニが帰ってきたのかと思いましたが、コオニならもう、ノッカーがお客あつかいすることはありません。

いそいで扉《とびら》を開《あ》けてみると、そこに立っていたのは腰《こし》のまがった見知らぬおばあさんでした。フードを目深《まぶか》にかぶっていて顔はよく見えませんが、腕《うで》に大きなかごをかかえています。

「あまくておいしいリンゴはいらんかね？」

かごをおおっていた布《ぬの》をちらりとめくりながら、おばあさんがさそいかけるように言いました。赤くつやつやしたリンゴがならんでいるのが見えます。

「毒《どく》リンゴ……？」

ツン子ちゃんが思わずつぶやくと、物売《ものう》りのおばあさんが声をたてて笑《わら》いました。

「何を人聞《ひとぎ》きの悪《わる》い。毒なんぞ入っているわけがない」

おばあさんはリンゴをひとつ取《と》りだし、長い爪《つめ》のはえた手で器用《きよう》に半分に割《わ》って食べてみせました。年寄《としよ》りとは思えないやけにしっかりした歯《は》がしゃりしゃりと音をたててみずみずしいリンゴをかじります。

おばあさんのこれ見よがしのパフォーマンスをながめながら、ツン子ちゃんは小さいころにママが読み聞かせてくれたおとぎ話をまざまざと思いだしました。

「じゃ、こっちの半分も食べてみて！」

毒《どく》が入っているのは、もちろん、おばあさんが食べなかったほうに決《き》まっています。むきになって言いつのるツン子ちゃんを見て、おばあさんは肩《かた》をすくめてうっすら笑《わら》いました。

「おまえはなかなか利口《りこう》だね」

おばあさんが深《ふか》くかぶったフードをおろして顔をだしました。すると、思ったほど年寄《としよ》りでないとわかりました。それどころか、なんとも美《うつく》しい貴婦人《きふじん》です。いつのまにやら背筋《せすじ》もぴんとのびていました。どことなく、ママに似《に》ている気がします。

「どなた…ですか？」

ツン子ちゃんはきおくれして、すこしあとずさりしていました。

「この国の女王である」

威厳《いげん》に満《み》ちた声が名乗《なの》りをあげます。

「女王さま…？　緑《みどり》の石の持《も》ち主《ぬし》の…？」

まさか一国《いっこく》の女王さまが、おともつれずにたずねてくるなんて信《しん》じられません。たしかに女王さまと言ってもいいほど堂々《どうどう》とした人ではありますが、ひょっとしたら、自分のことを女王と思いこんでいるだけの頭のおかしい人かもしれません。ツン子ちゃんが目に疑《うたが》いの色をありありとうかべると、女王と名乗るその人はひどい侮辱《ぶじょく》を受《う》けたかのように眉《まゆ》をひそめました。

「女王にそんな目を向《む》けるとは無礼《ぶれい》であるぞ！　わからぬのか？　わたくしこそがこの国のあるじ、本物《ほんもの》の女王なのだ！」

おとぎの国の女王さま？　ママによく似《に》たこの人が？

「もしかして…あたしのほんとうのお母さん？」

ツン子ちゃんはたしかめてみずにはいられませんでした。女王はあきれたように目をまるくします。

「おまえは女王の娘《むすめ》でありたいのか？　自分がお姫《ひめ》さまだとでも？」

「……」

お姫さまになりたいわけではありません。ただ、自分がだれなのか知りたいだけなのです。

「まったくあつかましい。ろくにしつけもできていない子どものくせに、自分を高貴《こうき》の生まれだと思いこむなんて」

「でも…」

女王の射《い》るような視線《しせん》にひるみつつ、それでもツン子ちゃんは勇気《ゆうき》をだして言いかえしました。

「でも…なんだ？」

「お菓子《かし》の家のおばあさんが、あたしのほんとうのお母さんはこの国のどこかにいるはずだって」

「お菓子の家の？　ああ、あの子ども好《ず》きの老婆《ろうば》だね。子どもの気をひきたくて、お菓子ばかり作ってる」

女王はお菓子の家のおばあさんのことを知っているようでした。そう言えば、年寄《としよ》りのふりをしていたときは、お菓子の家のおばあさんと姉妹のように見えました。ひょっとしたら親戚《しんせき》か何かでしょうか。おばあさんは、お城《しろ》に特別《とくべつ》なコネがあると言っていたのです。

「あのおばあさんは子どもを食べちゃうんです」

ツン子ちゃんはなぜだか、今となっては自分でも信《しん》じていないことを口にしていました。自分は女王の知らない秘密《ひみつ》まで知っている事情通《じじょうつう》なのだと証明《しょうめい》したかったからかもしれません。

「何を馬鹿《ばか》な…。あの者《もの》は、ただ子どもをかまいたいだけなのさ。冗談《じょうだん》でこわがらせて、楽しんでいるのだろうよ」

女王が声をたてて笑《わら》います。女王のほうがあのおばあさんと親しいのだという事実《じじつ》をつきつけられた気がして、なんだかとても腹立《はらだ》たしくなりました。

ふたりが知りあいなのは、きっと、お菓子《かし》の家のおばあさんも女王も魔女《まじょ》だからでしょう。でも、あれこれ親切に世話《せわ》をやいてくれたあのおばあさんが〈悪《わる》い魔女〉であるはずはなく、だとしたら、〈悪い魔女〉は毒《どく》リンゴをもってきた女王のほうにちがいありません。

「あたしから盗《ぬす》んだものを返《かえ》してください！」

ツン子ちゃんが強い口調《くちょう》でさけぶと、女王は大きく眉《まゆ》をひそめました。

「これはまた、たわけたことを言う。おまえこそ、わたくしの宝石《ほうせき》を盗《ぬす》んだ犯人《はんにん》だとみずから名乗《なの》りでたのではなかったのか？」

「……」

そうでした。たしかに女王にはツン子ちゃんを非難《ひなん》する理由《りゆう》があるのです。

「おまえはいったい何を盗まれたのだ？」

「知りません！　だって、生まれる前に盗まれちゃったんだから、あたしにわかるわけがない！」

ツン子ちゃんはもう、ほとんどやけっぱちでした。

「まったく、あきれた子どもだな。理不尽《りふじん》なことばかり言う。おまえが最初《さいしょ》からもちあわせていなかったのだとすれば、どうして返《かえ》してやることができよう？　自分が最初にもっていた以上《いじょう》のものをほしがると、必《かなら》ずバチがあたるというのがこの国のおきて。人は生まれもった以上のものを望《のぞ》んではならないのだ」

「でも、あたしは生まれる前に悪《わる》い魔女《まじょ》にたいせつなものを盗《ぬす》まれたんだって、ママが言ってました！」

「子どもにそんないつわりを言うなんて、おろかな女だな、おまえの母親は」

女王があきれたように首をふりました。

「ママを悪く言わないで！」

「母親の悪口《わるくち》を言われるのはいやなのか。母親など、総《そう》じておろかなものよ。美《うつく》しく清《きよ》らかな娘《むすめ》がほしいと心から願《ねが》い、さずかった娘に惜《お》しみなく愛《あい》をそそいで育《そだ》てても、年ごろになれば、娘は親の期待《きたい》をあっさり裏切《うらぎ》って、好《す》きな男のもとに走ってしまったりする。母親など、いつだって子にそむかれ、見すてられる生《い》き物《もの》なのだ」

「でも…それは、女王さまがお姫《ひめ》さまの若《わか》さと美《うつく》しさをねたんで、心臓《しんぞう》を食べようとしたからじゃないの？」

ツン子ちゃんは有名《ゆうめい》なおとぎ話を思いだして、つい口をはさまずにはいられませんでした。

「またおろかしいことを…。そんなたわごとを信《しん》じるのか？　お菓子《かし》の家に住《す》む子ども好《ず》きの老婆《ろうば》を子どもを食らうおそろしい魔女《まじょ》にしたてたり、恋《こい》する娘《むすめ》にそむかれたあわれな母を娘の美貌《びぼう》をねたむ冷酷《れいこく》な継母《ままはは》にねじまげてみたり、世間《せけん》というものは、とかく、なんでも無責任《むせきにん》におもしろおかしく語りたがるものよ」

「……」

女王の言うことが事実《じじつ》なのか、おとぎ話で語られていることが事実なのか、ツン子ちゃんには判断《はんだん》できませんでした。

「おまえはまだ幼《おさな》くて理解《りかい》できぬだろうが、おとなは子どもが考えるほど完璧《かんぺき》なものではない。じっさい、完璧なおとななどほとんど存在《そんざい》しないのだ。親だからといって、子どものすべてがわかっているわけではない」

「でも、あたしはなくしたものを見つけなくちゃならないの！」

「勝手《かって》にさがせばいい」

女王がつきはなすように言いました。

「だけど、何をなくしたかわからなきゃ、見つけられない」

「真実《しんじつ》を知りたければ、このリンゴを食べるしかない」

ツン子ちゃんの目の前に女王の右腕《みぎうで》がまっすぐのばされました。長い爪《つめ》のはえた手に真《ま》っ赤《か》なリンゴがのっています。

「でも、このリンゴを食べたら…」

「命《いのち》をかける覚悟《かくご》もなく、願《ねが》いをかなえたいというのか？」

「……」

「ほんのつかのまにせよ、おまえは女王の宝石《ほうせき》を自分のものにした。その瞬間《しゅんかん》から、こうなることは決《き》まっていたのだ。さあ、この実《み》を口にするがいい」

9 ツン子ちゃん、取《と》り替《か》え子《こ》に出会う

気がつくと、リンゴはツン子ちゃんの手の中にあり、女王の姿《すがた》は消《き》えていました。まるで最初《さいしょ》からひとりきりだったかのように、ツン子ちゃんはリンゴを手にしてたたずんでいました。

そのままリンゴをすててしまうことだってできたはずです。けれど、ツン子ちゃんはそうはしませんでした。思いきってリンゴをかじったのです。あまずっぱさの中にわずかな苦《にが》みがひろがりました。

はきだしてしまいたい気持《きも》ちとたたかいながら、ツン子ちゃんは口の中のかた

まりをのみこみました。それがのどの奥《おく》を通りすぎたとたん、心臓《しんぞう》がどくんと飛《と》びはね、目の前にベールが降《お》りてきたかのように、あたりがもやにつつまれました。

次《つぎ》の瞬間《しゅんかん》、ツン子ちゃんはどこだかわからないところにいたのです。何もないほの暗《ぐら》い空間。ふらつく足でツン子ちゃんは歩きはじめました。前方から、だれかがゆっくり近づいてくるのがわかります。かすんだ目をこらしてみると、その人はツン子ちゃん自身《じしん》にそっくりでした。ツン子ちゃんと同じく、その人もおどろきに目をまるくしています。

「あんたが…本物《ほんもの》のあたしなの？」

問《と》いかけてみても、答えはありません。

「あんたが本物だとしたら、あたしはいったいだれ？」

「……」

相手《あいて》のくちびるが動《うご》いているようにも見えましたが、どうやらその人は言葉《ことば》をもっていないようでした。まるで魂《たましい》のない人形のように——。もしかするとそれは、ツン子ちゃん自身《じしん》の影《かげ》にすぎないのかもしれません。

ツン子ちゃんはそれをたしかめるために、自分そっくりの人に手をさしのべました。するとその人も同じように手をのばし、そしてツン子ちゃんの手をぐいとつかんだのです。ふたりは手をにぎりあったまま、くるりと位置《いち》を交換《こうかん》するようなかっこうになりました。

回転《かいてん》したいきおいでにぎりあった手が離《はな》れ、ツン子ちゃんは自分そっくりの片《かた》割《わ》れと反対《はんたい》の方向《ほうこう》にはじき飛《と》ばされてしまいました。

からだが火のように熱《あつ》くなり、リンゴの毒《どく》が全身《ぜんしん》にまわってきたのがわかります。片割れを追《お》いかけようにも、思うように足が動《うご》かせません。よろよろとふらついているうちに、意識《いしき》が遠のいていきました。

「あれ？　きみ、なんだかヘンだね。からだがすきとおって見える。まるで消《き》えかかってるみたいに」

聞きおぼえのある声がして、ツン子ちゃんは自分がまたべつの空間に移動《いどう》したのがわかりました。ベッドから身《み》を起《お》こして、ふしぎそうにこちらを見ているのは、ねぼけまなこのヒカルさんです。

「これは…夢《ゆめ》かな？」

そこはヒカルさんの寝室《しんしつ》のようでした。ヒカルさんはサイドテーブルを手さぐりして、おいてあった眼鏡《めがね》をかけました。かなり度《ど》の強い眼鏡らしく、目がギョロッとして見えます。ヒカルさんがじつは近眼《きんがん》であることに初《はじ》めて気づきました。いつもは、きっとコンタクトレンズをはめているのでしょう。

「あたし、さよならを言いにきたの」

ツン子ちゃんは言いました。

「もう行ってしまうのか？」

「そうみたい」

「前にいた場所《ばしょ》にもどるんだね」

「もどれるかどうか…わからない」

もしかしたら、このまま永久《えいきゅう》にどこともしれない世界《せかい》をさまよいつづけるのではないか？　ツン子ちゃんはそんな気がしたのです。

「ここに来るのは意外《いがい》に簡単《かんたん》なんだ。もどるのだってさ。ただ、おぼえているのはむずかしい。おぼえていれば、いつかまた会えるよ」

「あたし、おぼえていられるかな？」

「ぼくだって、ずっとおぼえてる自信《じしん》なんかない。だって、たぶんこれは未来《みらい》の記憶《きおく》だから…」

「どういう意味《いみ》？」

「なんだかそんな気がするんだ。いつか、あとから経験《けいけん》することを先に夢《ゆめ》で見ているような…」

ヒカルさんが遠い記《き》憶《おく》をさぐるように、見えない何かを見つめるためにまばたきしました。

「きみは特別《とくべつ》なんだ。あっちがわの記憶をもったまま、こっちに来たんだろ？」

「ヒカルさんはちがうの？」

「あっちがわのことは何もかもぼんやりしてる。一寸先《いっすんさき》も見えない重《おも》たい霧《きり》がかかった深《ふか》い森をさまよってるみたいに…」

ヒカルさんもまた、ツン子ちゃんとはちがう種類《しゅるい》の問題《もんだい》をかかえているのかもしれません。

「でも、あたし、ここから出られそうもない」

「どうして？」

「さっき、本物《ほんもの》のあたしと出会ったの。本物のあたしをさがさなきゃ」

「ダメだ！」

ヒカルさんがとつぜん、強い口調《くちょう》でさえぎりました。

「自分の影《かげ》をおいかけちゃダメだ。きみはきみだけの道をさがさなきゃいけない」

「……」

「ぼくはこのために、きみより先にここに来たのかもしれないな」

「え？」

「きみに進《すす》むべき道を示《しめ》すためにさ」

ヒカルさんが眼鏡《めがね》をかけたぎょろりとした目でツン子ちゃんを見つめました。

ヒカルさんはいったい何者《なにもの》なのでしょう？　いつかまた、べつの場所《ばしょ》でヒカルさんに会うことができるのでしょうか？

「きみのほんとうの名前は？」

「え？」

「ツン子っていうのは、ほんとうの名前じゃないんだろ」

「つきこ。月の輝《かがや》く子って書いて、月輝子《つきこ》」

ヒカルさんに説明《せつめい》しながら、ツン子ちゃんはあらためて、やっぱりその名前が自分のほんとうの名前であってほしいと強く思いました。

「つきこ…」

ヒカルさんは何かを思いだそうとするように目を細めます。

「かぐや姫《ひめ》だね」

「え？」

「きみにぴったりの名前だよ」

ヒカルさんがほほえみました。

「ヒカルっていうのは、ほんとうの名前？」

「……」

ヒカルさんがこまったような顔になりました。自分のほんとうの名前さえおぼえていないのかもしれません。

ヒカルさんが何か言おうとして口を開《ひら》きかけましたが、ツン子ちゃんには聞こえませんでした。からだがどんどん透明《とうめい》になって、ヒカルさんの視界《しかい》から自分が消《き》えてしまうのがわかりました。

そしてまた、ツン子ちゃんはべつの場所《ばしょ》にいました。まわりの壁《かべ》がすべて鏡《かがみ》になっているようです。どの方向《ほうこう》へ行こうとしても、自分の顔がせまってくるのです。

（自分の影《かげ》を追《お》ってはいけない――）

ヒカルさんの声がよみがえりました。けれど、四方八方、どちらを向《む》いても自分の顔ばかりです。ツン子ちゃんはくるったように走りまわりました。自分がせまってこない道。それはいったいどこにあるのでしょう?

前にもうしろにも進《すす》めず、その場でぐるぐるまわっているうちに、ツン子ちゃんは何かにつまずきました。足もとに目をやると、何かきらきらするものがころがっています。石ころでした。緑色《みどりいろ》の…なんとなく見おぼえのある緑色の…。

ツン子ちゃんは身《み》をかがめてその石をひろいあげました。やっぱりです。それは女王の宝石《ほうせき》でした。なんでこんなところにころがっているのでしょう?

ツン子ちゃんはひろいあげたその宝石を見つめました。手の中でその石はまるでだれかの心臓《しんぞう》のようにあたたかく脈打《みゃくう》っていました。

ツン子ちゃんは顔をあげ、自分と同じ動作《どうさ》をする鏡像《きょうぞう》を見つめました。ツン子ちゃんが右腕《みぎうで》をふりあげると相手《あいて》も同じように左腕《ひだりうで》をふりあげます。次《つぎ》の瞬間《しゅんかん》、

ツン子ちゃんは自分そっくりの相手《あいて》にむかって、緑《みどり》の石を投《な》げつけました。ふいをつかれてきょとんとした表情《ひょうじょう》の鏡像《きょうぞう》を見たような気がします。けれど、たしかめるまもなく、鏡像はこなごなにくだけちり、その先に新たな道が開《ひら》けました。夕日に照《て》らされたその道にだれかがたたずんでいます。またもや自分の影《かげ》に先回りされたのかと思いましたが、その人影《ひとかげ》はツン子ちゃんとは似《に》ていません。小《こ》柄《がら》な人影が真《ま》っ赤《か》な夕日を背《せ》にして何かをひろいました。それはたった今ツン子ちゃんが投《な》げつけた女王の石のように思われました。

人影がくるりとこちらにふりむきました。

「つんこ！」

逆光《ぎゃっこう》で顔ははっきり見えませんが、その声にはたしかに聞きおぼえがあります。

「コオニ！」

何かをにぎったままの右手で、コオニらしき人影が手まねきしています。それともそれは、さよならの合図なのでしょうか？

小さな人影《ひとかげ》はツン子ちゃんに背《せ》を向《む》けて、真《ま》っ赤《か》な夕日のほうに走りだしました。

「コオニ！」

ツン子ちゃんもまた、その人影を追《お》って夢中《むちゅう》で走りだしていました。

10 ツン子ちゃん、うちに帰る

遠くのほうで赤《あか》ん坊《ぼう》の泣《な》き声《ごえ》が聞こえるような気がします。ツン子ちゃんはゆっくり目を開《あ》けました。見なれた天井《てんじょう》。着《き》なれたパジャマ。自分の部屋《へや》のベッドの中にいました。気分は悪《わる》くありません。

赤ん坊の声はだんだんはっきり聞こえてくるようになりました。空耳《そらみみ》などではなく、近くにほんとうに赤ん坊がいるようです。

ツン子ちゃんはベッドから起《お》きあがり、廊下《ろうか》に出てみました。声が聞こえてくるのはむかいの空《あ》き部屋《べや》からです。そっとドアを開けると、そこはすっかり模様《もよう》

替《が》えされていました。月明かりに照《て》らされた窓辺《まどべ》にゆりかごがあり、見知らぬ赤《あか》ん坊《ぼう》が寝《ね》かされているのが見えました。

いったいこれはだれでしょう？　どこから連《つ》れてこられたのでしょうか？

そう言えば、スマートなはずのママのおなかがだんだんふくらんできていたことを思いだしました。今、ママは大事《だいじ》な時《とき》なんだと言っていたパパの意味《いみ》ありげな言葉《ことば》…。

ツン子ちゃんがおとぎの国にまよいこんでから、こちらがわではどれほどの時間が流《なが》れていたのでしょうか？

あの夜、ママは満月《まんげつ》にむかって、今度《こんど》こそ、今度こそ…とつぶやいていました。この新しい赤ん坊は、ツン子ちゃんとちがって、生まれる前に何かを盗《ぬす》まれたりしていない完璧《かんぺき》な赤ん坊なのでしょうか？

ツン子ちゃんはゆりかごをのぞきこみました。見知らぬ赤ん坊はふいに泣《な》きやみ、ツン子ちゃんをじっと見つめました。それから、いきなり手をのばし、ツン子ちゃんの指《ゆび》をぎゅっとつかんだのです。

ツン子ちゃんはおどろいて、つかまれた指をひっこめようとしましたが、赤《あか》ん坊《ぼう》の力は意外《いがい》なほど強く、なかなかはずすことができません。思わず、つかまれていないほうの手で赤ん坊の頭にふれると、気のせいか、わずかなでっぱりのようなものが感《かん》じられました。まるで小さな角《つの》のような…。

「コオニ…?」

ツン子ちゃんは赤ん坊の顔をまじまじと見つめました。

「あんた、先に帰ってきてたの?」

「あら、月輝子《つきこ》ちゃん、こうちゃんをあやしてくれてたのね」

ふりむくと、部屋《へや》の入り口にママが立っていました。

「こうちゃん?」

「あら、やだ。もしかして、ねぼけてる？　弟の名前をわすれちゃうなんて」

ママが小さく笑《わら》います。この赤《あか》ん坊《ぼう》はやっぱり、ツン子ちゃんがむこうがわに行っていたあいだに生まれた弟なのです。コオニではなく……。

ママがゆりかごに近づいて赤ん坊を抱《だ》きあげました。

「ねぇ、こうちゃん。おねえちゃんにしっかりおぼえてもらわなくちゃ。ぼくの名前は水原行《みずはらこう》です。わすれないでくださいね、って」

「生まれたんだ……。あたしがいないあいだに……」

「あら、月輝子《つきこ》ちゃん、どこかに行ってたの？　ちっとも気づかなかったけど？」

「……」

ママは娘《むすめ》の不在《ふざい》にも気づかないほどツン子ちゃんに無関心《むかんしん》なのでしょうか？　念願《ねんがん》の新しい赤ちゃんをさずかって、ツン子ちゃんのことなんてどうでもよくなったのでしょうか？　それとも、ツン子ちゃんがむこうがわに行っていたあいだ、だれかがツン子ちゃんの身代《みが》わりをしていたのでしょうか……？

「月輝子《つきこ》ちゃんには話してなかったけど、ほんとうは月輝子ちゃんには、もうひとり弟がいたはずなのよ。一度もこの腕《うで》に抱《だ》くことはできなかったけど、ママの夢《ゆめ》の中では五歳《さい》になってるわ。それでよけいに、今度《こんど》の赤ちゃんには無事《ぶじ》に生まれてきてほしいって、ママ、ずっとお祈《いの》りしてたの。新しい弟をかわいがってくれるわね」

ママはツン子ちゃんに赤《あか》ん坊《ぼう》をひょいと手わたしました。

「ちょっとだっこしてて。おむつが濡《ぬ》れてるから、替《か》えを用意《ようい》してくる」

初《はじ》めて弟をだっこしたツン子ちゃんは、そのバランスの悪《わる》い重《おも》さによろけそうになりました。

赤ん坊は新米《しんまい》の姉のぎこちない抱《だ》きかたに抗議《こうぎ》するかのように手足をばたばたさせました。ツン子ちゃんは赤ん坊を落《お》とすまいと必死《ひっし》に抱きかかえます。そのとき、赤ん坊の右手に何かがにぎられていることに気づきました。

赤《あか》ん坊《ぼう》はこのときを待《ま》ってましたとばかりに、ツン子ちゃんの目の前でぱっと右手を開《ひら》いたのです。そこにのっていたのは石でした。気のせいか、なんとなく緑色《みどりいろ》がかって見えます。ツン子ちゃんが弟の手から石を受《う》けとると、赤ん坊はすっかりご機嫌《きげん》になって、きゃっきゃと声を立てました。

(女王さまの石…?)

もう一度《ど》、ツン子ちゃんは腕《うで》の中の赤ん坊を見つめました。やっぱり、これはコオニなのでしょうか? ツン子ちゃんが悪《わる》い魔女《まじょ》に盗《ぬす》まれたものを取《と》りかえしてくれたのでしょうか?

いや、そうじゃない、とツン子ちゃんは思いました。自分は生まれる前に何も盗まれたりしていない。ママはあんなふうに言ったけど、盗まれたように見えていたものは、最初《さいしょ》からツン子ちゃんの心の中にかくされていただけのような気がします。

この赤《あか》ん坊《ぼう》がコオニなのか、それとも、ママの夢《ゆめ》の中のもうひとりの弟がコオニなのか、ツン子ちゃんにはわかりませんでした。自分が本物《ほんもの》なのか、それともにせ物《もの》の取《と》り替《か》え子《こ》なのか、それさえわかりません。けれど、ツン子ちゃんが自《じ》分自身《ぶんじしん》であることだけはたしかです。

たとえ何かが足《た》りないように思えたとしても、それもふくめてツン子ちゃんはツン子ちゃんなのです。それこそがツン子ちゃんの求めていた答だったのではないでしょうか。

自分をさがしにいったつもりのツン子ちゃんは、知らないうちに、これから生まれるはずの弟、あるいは、この世《よ》の光を見ることのなかったママの大事《だいじ》な赤ちゃんに出会っていたのかもしれません。

*

こちらを留守《るす》にしているあいだに、ツン子ちゃんは四年生になっていました。

新学期《しんがっき》の始業式《しぎょうしき》の朝、校門のところに木村《きむら》マユミ先生が立っていました。

「おはようございます」

ツン子ちゃんは、おくれ毛いっぽんなくぴっちりひっつめたヘアスタイルの先生にぺこりとあいさつしました。

「そう言えば水原《みずはら》さん、弟さんが生まれたんですってね」

立《た》ち去《さ》りかけたツン子ちゃんを、先生がふいに呼《よ》びとめました。

「あ、はい」

ツン子ちゃんはふりかえって答えました。

「ちゃんと弟さんのめんどうは見てあげてるの？」

「…はい」

「そう。なら、よかったわ」

先生が眼鏡《めがね》のふちを片手《かたて》で押《お》しあげながら、にこりとほほえみました。いつものように、ほとんどお化粧《けしょう》っけもないのに、なぜだか先生がとてもきれいに見えました。

始業式《しぎょうしき》の前にクラス替《が》えの発表《はっぴょう》を見ておこうと四年生の教室にむかって歩いていると、むこうからいやなやつがやってきました。ぶあついレンズの眼鏡をかけてはいるものの、相変《あいか》わらず、小学生ばなれしたおしゃれぶりで、今日は赤いサスペンダーをしています。

「あーあ。また、まんじゅうと同じクラスかぁ」

すれちがいざま、アキラくんが聞こえよがしにつぶやきました。無視《むし》するつもりだったツン子ちゃんは、つい立ちどまって、アキラくんをにらんでしまいました。

「クラス替えの発表《はっぴょう》、あっちに出てる」

にらまれても平気《へいき》な顔で、アキラくんが言いました。

「……」

「まんじゅうの名前が勝手《かって》に目に入ってきちゃってさ」

「あたしの名前、知らないくせに」

いらだちをかくせないツン子ちゃんが言いかえすと、アキラくんはにやりとしました。

「知らないわけないだろ。月の輝《かがや》く子で月輝子《つきこ》。自分でそう言ったじゃないか。かぐや姫《ひめ》には似《に》ても似つかないけどな。どうりで相性悪《あいしょうわる》いはずだよ。昼と夜だ。こっちは日の光って書いて晃《あきら》なんだから」

日の光？　ヒカル…？

女の子をからかってばかりのギョロ目のアキラくん。でも、なぜかアキラくんを嫌《きら》っている女の子はいません。

「ねぇ、おまんじゅう嫌《きら》いなの？」

ツン子ちゃんはヒカルさんの言葉《ことば》を思いだしていました。

「え？」

「あんこの入ったおまんじゅう。嫌いなの？」

ツン子ちゃんはかさねてたずねます。

「いや…べつに嫌いじゃないよ。っていうか、けっこう好《す》きかも」

そう答えたとたん、ふしぎなことにアキラくんの顔がみるみる赤く染《そ》まりました。ツン子ちゃんはそんなアキラくんをまじまじと見つめました。

「なんだよ？」

「べつに。ただきいてみただけ」

「なんなんだよ！」

「その赤いサスペンダー、似合《にあ》ってるね」

「え？」

アキラくんは一瞬《いっしゅん》、きょとんとして、それからさらに赤くなりました。これまで、どんなにツン子ちゃんがつっかかっても平然《へいぜん》としていたのに、こんなに簡単《かんたん》に動揺《どうよう》させることができるなんて意外《いがい》です。ツン子ちゃんはふふっと笑《わら》いました。人をからかうのって、こんな感《かん》じなんだと初《はじ》めて知りました。

「その笑いはなんなんだ？　まんじゅうのくせに…ツン子のくせに生意気《なまいき》だぞ！」

ツン子ちゃんはおかしくてたまらず、声をたてて笑い、そうして歩きだしました。

「待《ま》てよ！　水原月輝子《みずはらつきこ》！」

アキラくんの声がうしろから追《お》いかけてきます。水原月輝子。そう、それがツン子ちゃんのほんとうの名前でした。

「アキラくんって、お兄さんいる？」

ツン子ちゃんはくるりとふりかえり、アキラくんに向《む》きなおりました。

「は？　いないよ、そんなの。ひとりっこだもん」

アキラくんの答えはぶっきらぼうです。

そうなんだ。アキラくんにはお兄さんはいないんだ。それならきっと、アキラくんはこれからとても背《せ》が高くなるにちがいない。ふたたび歩きだしながら、ツン子ちゃんはそう思いました。

松本祐子（まつもと　ゆうこ）
聖学院大学・児童学科教授。児童文学、ファンタジー論などの講義を担当。趣味は観劇。お菓子とコーヒーが好き。
『リューンノールの庭』で第1回日本児童文学者協会・長編児童文学新人賞、第19回うつのみやこども賞を受賞。続編に『ブルーローズの謎』『フェアリースノーの夢』がある。ほかに『8分音符のプレリュード』『カメレオンを飼いたい！』がいずれも小峰書店から刊行されている。

佐竹美保（さたけ　みほ）
富山県に生まれる。多彩な画風で多くのファンを魅了する。東京都在住。主な装画・挿絵作品に、松本祐子さんとの作品で『未散と魔法の花』シリーズ全3巻、『8分音符のプレリュード』、『カメレオンを飼いたい！』（以上、小峰書店）、『海辺の宝もの』（あすなろ書房）、『風神秘抄』（徳間書店）、『海の王子』（講談社）、『仮名手本忠臣蔵』（偕成社）、『シェーラひめのぼうけん』シリーズ（童心社）、『魔女の宅急便3〜6』（福音館書店）、『ブンダバー』シリーズ（ポプラ社）、『妖狐ピリカ・ムー』（理論社）、『雨月物語』（岩崎書店）、『くものちゅいえこ』（PHP研究所）、『竜を呼んだ娘』（朝日学生新聞社）などがある。

ツン子ちゃん、おとぎの国へ行く　　**おはなしメリーゴーラウンド**

2013年11月22日　第1刷発行

作　者・**松本祐子**
画　家・**佐竹美保**
装　幀・**木下容美子**
発行者・**小峰紀雄**
発行所・株式会社 **小峰書店**　〒162-0066 東京都新宿区市谷台町4-15
電　話・03-3357-3521　　FAX・03-3357-1027
印　刷・株式会社 三秀舎
製　本・小高製本工業 株式会社

ISBN978-4-338-22210-5
NDC913　159p　22cm

http://www.komineshoten.co.jp/